GIULIA CORSALINI

DIE TSCHECHOW LESERIN

Aus dem Italienischen von
Ruth Mader-Koltay

NONSOLO

Die Tschechow-Leserin

Erste Auflage, Oktober 2021

Titel der italienischen Originalausgabe:
La lettrice di Čechov

Lektorat: Irene Pacini
Satz und Layout: Andrea Wöhr
Druck und Verarbeitung: CPI buch bücher.de GmbH, Birkach

Dieses Buch kam dank der Förderung durch die Beauftragte der Bundesregierung für Kultur und Medien und das Programm „Neustart Kultur" für die Druck- und Produktionskosten zustande.

Printed in Germany
ISBN 978-3-947767-07-6

Für Mariachiara und Piergiorgio

Jeglicher Bezug zu lebenden Personen oder tatsächlichen Vorkommnissen ist rein zufällig.

Erster Teil

Auf Ehre und Gewissen, Katja: Ich weiß es nicht.

Anton Tschechow, *Eine langweilige Geschichte*

I

Ich verdanke Anton Tschechow meine derzeitige Arbeit am Institut für Russische Sprache und Kultur in Kiew, das Jahr als Universitätsdozentin in Italien und meine Leidenschaft für die Literatur. Denn aus dem Interesse für seine Erzählungen entstand vor einigen Jahren eine Forschungsarbeit, die mir eine Veröffentlichung von nicht unbedeutendem wissenschaftlichem Wert eintrug. Ihretwegen wurde ich von besagtem Institut eingestellt, wobei meine Tätigkeit – um ehrlich zu sein – vor allem aus Sekretariatsarbeiten besteht, die ich hinter einem Fenster mit Blick auf eine alte Straße verrichte. Hin und wieder halte ich Kurse für ausländische Studenten, aber nur auf niedrigstem Niveau und in Vertretung renommierterer Dozenten. Ich erkläre also den Studenten, dass Sibirien auf Russisch Сибирь geschrieben wird, und warum es so heißt. Auch die Unterrichtsräume, ungeachtet der Geltung des Instituts, zeigen übrigens auf dieselbe Straße hinaus, die durchgängig im Schatten liegt. Als ich jenen Aufsatz mit dem Titel *Tschechows Präsenz in der italienischen Erzählliteratur* schrieb, befand ich mich hingegen in Italien, in Macerata, einer kleinen, hügeligen und lichtvollen Universitätsstadt, wo ich als Betreuerin einer alten Frau namens Mariangela arbeitete. In dieser Stadt habe ich ein Jahr gelebt, um genau zu sein von Juni 2003 bis Juni 2004; ein sehr schwieriges Jahr für mich und meine Tochter, während dessen ich aber doch auch glücklich gewesen bin; glücklich jedenfalls auf eine der einfachsten und kurzlebigsten Arten, auf die man es sein kann, nämlich durch Verherrlichung meiner selbst.

Ich war vierzig Jahre alt, meine Tochter achtzehn; sie studierte Medizin und wollte Wanja heiraten. Die Krankheit, die seit einigen Jahren den Körper meines Mannes aufzehrte, hatte ihn mittlerweile ans Bett gefesselt. Die Entscheidung, dass ich zum Arbeiten nach Italien gehen sollte, trafen wir gemeinsam; er zog in ein Pflegeheim. Eines ist sicher: Wir hatten keine Zweifel, weder er noch ich, an der Zweckmäßigkeit dessen, dass ich ging. Tatsache ist, dass wir niemals den Vorrang der Zukunft unserer Tochter Katja vor jeglichem anderen Lebensumstand in Frage gestellt hatten. So erschien auch das Risiko hinnehmbar, dass er starb, während ich in der Ferne war, und wir uns nie wiedersehen würden. Nichtsdestoweniger hatte es in der ersten Zeit seiner Krankheit zwischen uns eine Wiederannäherung gegeben. Nicht so sehr wegen des Schicksals, das sich für ihn abzeichnete, sondern vielmehr durch eine von dessen Begleiterscheinungen, nämlich die Spaziergänge, die das Fortschreiten der Lähmung verlangsamen sollten, und die wir zusammen unternahmen, jeden Morgen, fast zwei Jahre lang. Es war uns eine letzte Möglichkeit zuteilgeworden, einander wiederzufinden.

Damals lebten wir in Kiew in der Anna-Achmatowa-Straße im Bezirk Darnycja; wir wohnten im sechsten Stock eines hohen Mietshauses in passablem Zustand, in einer Wohnung, die wir sodann, angesichts der Situation, verkaufen mussten. Durch die Fenster ohne Vorhänge und Läden nahm ich jeden Tag alle Schattierungen des Himmels wahr. Wenn wir uns zum Hinausgehen fertig machten, war es noch dunkel, oft fasste ein opalisierender, klumpiger Schnee den unteren Rand der Fensterrahmen ein und nahm das erste Licht auf. Ich weckte meinen Mann, indem ich ihn am Arm rüttelte. Er zog sich langsam an, mit dem Rücken zu mir auf dem Bett sitzend. Er hob das Kinn, um sich die Krawatte zu binden. Katja schlief in ihrem Zimmer. Wir schlossen die Tür leise, um sie nicht zu wecken; dann gingen wir die kalten Treppen hinunter, die ausgestorben, aber voller Gerüche waren; hinter den Mauern erst wenige Zeichen von Erwachen, Licht unter einigen Türen. Wenn wir auf die Straße traten, hängte ich mich bei ihm ein, und wir beschleunigten die Schritte wegen des eisigen Morgens, eingepackt in unsere Krägen und Kalpaks, die gerade noch die Augen frei ließen. Im Frühjahr und Sommer aber atmeten wir mit unbedecktem Gesicht so viel Luft, wie wir nur konnten. Den Wechsel der Jahreszeit erkannte ich an den Düften, früher noch als an der Wärme, und er rief mir vor allem die ersten Jahre unserer Ehe und Katjas Geburt in Erinnerung. Wir hatten eine feste Strecke, die das ganze Viertel umfasste – ein Schachbrett aus Mietshäusern, alle ähnlich wie unseres oder noch älter und heruntergekommener. Die Morgendämmerung kam dort langsam an, erhellte die Luft, ließ hinter der grauen Masse der Häuser violettes Gewölk am Horizont erkennen; an manchen Schlechtwettertagen blieb der Himmel dunkel, wie eine Verlängerung der Nacht zwischen den Häuserblocks, in denen noch Licht brannte; oft aber empfing uns ein trübes Dämmerlicht, blass und milchig, und verteilte rötliche Reflexe auf den obersten Fenstern, die dann wie Spiegel glänzten. Auf der Straße begegneten wir nur wenigen Menschen, vor allem solchen, die Waren entluden, Händlern und den Schichtarbeitern einer Ofenfabrik, von denen uns einige bekannt waren; langsam und wie leicht benommen kamen sie auf uns zu, sie sahen aus wie Minenarbeiter, die der Tiefe entstiegen waren; über einen von ihnen, einen großen, kräftigen jungen Mann mit länglichem Gesicht und von einer groben und etwas dümmlichen Herzlichkeit, wussten wir, dass er lange nach einer Anstellung als Sekretär gestrebt hatte und vielleicht im tiefsten Herzen noch immer daran dachte. Jeglicher gesunde Körper jedoch, in welcher Haltung und Bewegung auch immer, trug in sich ein besseres Schicksal als das unsere, aber das verschwiegen wir einander, und manchmal, während wir es verschwiegen und so vor uns hin gingen, vergaßen wir es schließlich, jedenfalls eher als in anderen Augenblicken des Tages. Wir sprachen hauptsächlich über Katja, leidenschaftlich, aber auch mit Sorge. Zum einen waren wir wie trunken vor Stolz, was wir in beinahe krankhaft sich ständig wiederholenden Gesprächen zum Ausdruck brachten; andererseits bereitete uns die Armut Wanjas Sorgen, die zu der unseren noch hinzukommen würde. Die Beziehung der beiden betrachtete mein Mann mit Gleichmut und vermerkte positiv Wanjas Reife und seine Ernsthaftigkeit.

„Er wird einen Studienabschluss machen", sagte er immer (das war seine Art, ernste Dinge zu äußern: Er runzelte die Stirn, kniff die Augen zusammen, und seine Nase vibrierte, wie von angestrengter Konzentration). „Er wird eine Arbeit finden, er wird Geld verdienen; es wird nur um eine kurze Durststrecke gehen..." (Ich reichte ihm nicht bis zu den Schultern, er war stattlich, wurde jedoch immer gebeugter; dennoch gab die Kraft in seinem Körper weiterhin Anlass zur Hoffnung).

Ich selbst sehnte mich auf eine ungesunde Art nach Liebe als höchster Form der Erfüllung und betrachtete daher Katjas Wahl als Verzicht. Ich hätte gerne auf irgendeine Weise die Karten noch einmal neu gemischt, ihr noch eine weitere Möglichkeit eröffnet und, um die Wahrheit zu sagen, auch ein wenig Kindheit zurückgegeben; ich hätte alles getan, damit sie zumindest am Anfang aus tiefstem Herzen glücklich sein konnte. Katja war ein zähes, introvertiertes, starrköpfiges Mädchen; als Mensch entglitt sie mir ständig. Sie legte mir gegenüber eine große Sprödigkeit an den Tag, aber ich ließ nicht davon ab zu glauben, dass in ihr eine außergewöhnliche, beinahe schmerzhafte Sensibilität wachte und ein ebenso leidenschaftlicher wie unerfüllter Wunsch nach Gutem für sich selbst und für uns. Ich hatte nach den Zeichen dieser Veranlagung schon in ihr als kleinem Mädchen gesucht und einige sehr ernste Blicke sowie ihre Zurückhaltung, die Wahrheit über ihre eigenen Gedanken auszusprechen, als frühreifes Bewusstsein interpretiert. Immer wieder war ich durch unsere Wohnung gewandert, mit einem halben Lächeln voller zufriedener Besorgnis wegen der Seelengröße, die ich in diesem schmollenden und schweigsamen Kind zu erkennen glaubte, das mehr als einmal den Blick gegen den meinen erhoben und ihm standgehalten hatte, ohne ein Wort zu sagen.

Ich erinnerte meinen Mann an die Leidenschaft, die Katja für ihren früheren Freund empfunden hatte. Dieser überschwängliche, exzentrische, großzügige junge Mann, mit dem sie für kurze Zeit liiert gewesen war, hatte sie nervös und glücklich gemacht wie eine Libelle.

„Du hast nervös gesagt, genau; er hat sie nervös gemacht und unruhig. Wanja beruhigt sie." Wanja, unelegant und bescheiden, dominierte diese Beziehung tatsächlich mit einer merkwürdigen Sicherheit, mit viel Geduld gelang es ihm, die ganze Hingabe dieses verschlossenen, widerspenstigen Wesens zu gewinnen, das daran gewöhnt war, hofiert zu werden. Katja war zweifellos zu hübsch für ihn.

„Lass Katja selbst wählen", sagte mein Mann immer, „du musst ihr Leben von deinem und sie von dir unterscheiden." Auf den Bürgersteigen knirschte die dünne, von der Nacht zusammengedrückte Schneeschicht unter unseren Füßen; oft war es glatt; der Matsch blieb noch lange nach der Schneeschmelze, ein dichter, schmutziger Wasserfilm auf dem holprigen Pflaster, in den die Schuhe patschten. Darin spiegelte sich, in der noch dunklen Luft, das warme Licht eines bereits geöffneten Cafés, in das wir manchmal hineingingen, um einen Tee zu trinken und uns aufzuwärmen. Mein Mann schlürfte dann seinen Tee und blätterte in der Zeitung auf einem Wandtischchen, im Stehen, aufgestützt, unvermittelt von einer Nachricht in Beschlag genommen; ich setzte mich auf einen Hocker, legte die eiskalten Finger um die warme Tasse, und wenn er mich anschaute, lächelte ich, weil ich es so angenehm fand, mich aufzuwärmen.

„Geht's besser?", fragte er mich und ließ von der Zeitung ab, zog den Geldbeutel aus der Tasche, ging bezahlen und stellte sich dann neben mich. Er drückte meine Finger zwischen seinen Händen. Das kleine Lokal duftete nach Kaffee und warmen Brioches und ein bisschen auch nach Reinigungsmittel; es war gemütlich, dunkel, in sich versunken; die Frau an der Theke, die mein Mann „die Oblomowa" nannte, wartete ohne Hast – indem sie schläfrig mit einem Lappen über die Theke wischte oder sich mit verschränkten Armen auf das Regal stützte –, dass die Stadt wieder in Bewegung und zu ihr kam. Wenn wir wieder hinausgingen, hakte ich mich sofort wieder bei ihm unter. Auch wenn wir viel von Katja sprachen, waren diese Spaziergänge bereits eine Erfahrung der Trennung unseres Lebens von dem ihren; sie waren ja für einen bestimmten Zweck gedacht, aber in ihrer scheinbaren Freiheit und durch die Aufmerksamkeit, die wir füreinander zeigten, hatten sie auch mit den Jahren unserer Jugend zu tun, als es Katja noch nicht gab; so verzweifelt sie auch waren, nahmen sie auf eine gewisse Art doch den Faden unserer ersten Zeit wieder auf, oder jedenfalls der Erinnerung, die ich daran hatte: Das war kein präziser Moment, um ehrlich zu sein, so aus dem Stegreif, sondern nur eine nicht näher bestimmbare Ansammlung vertrauensvoller gemeinsamer Erwartungen.

II

In Italien also hatte ich, vor meinem Kurs an der Universität, acht Monate, von Juni bis Februar, im Haus von Mariangela gelebt, einer traurigen und pedantischen Alten, um die sich ein jüngerer Bruder kümmerte, welcher jedoch nicht bei ihr wohnte. Wenn ich heute an diese ersten Monate zurückdenke, sehe ich sie als eine Art Warteschleife, an die ich eine nur verschwommene Erinnerung habe: an Langeweile und trübsinnige Benommenheit in den Stunden neben der Alten, vermischt mit dem konstanten Hintergrundrauschen meiner fordernden Lektüren. Mir kommen jedoch auch die hellen Himmelsabschnitte bei meinen Spaziergängen entlang der Stadtmauern wieder in den Sinn, der offene, weite, klare und sommerliche Blick auf die Landschaft aus Hügeln und Bergen, und die Begeisterung, meinen lebendigen Körper zu spüren, während ich meine Freiheit wiederfand. Ich nutzte jeden freien Nachmittag, um durch die Straßen zu streifen. Mariangela wohnte in einem Stadtteil, der „Handwerkerviertel" genannt wurde und alt und recht heruntergekommen war, aber eine wunderschöne Kirche aus der romanischen Epoche besaß, dem Heiligen Kreuz geweiht, nüchtern und wuchtig, hinter der sich das weite Land erstreckte. Ich nahm die Straße jenseits der Kirche und ging bergab zwischen den Olivenbäumen und den wilden Akazien, die über die Fahrstraße ragten, oder ich stieg hinauf Richtung Zentrum, entlang der Stadtmauer über eine mit Linden gesäumte, breite Allee, die sich auf einen hügeligen Horizont von unvergleichlicher Schönheit hin öffnete. Abends war Mariangela nur mehr ein aschgrauer Schatten, im Gebet, im Profil vor dem Licht eines zum Himmel hin offenen Fensters, durch das die Schwalben schreiend beinahe hereinflogen. Ihr Bruder ging, sobald er sah, dass ich zurückkehrte. Durchs Küchenfenster drangen von den Gärten und Feldern, die hinter dem Haus lagen, die Düfte des Sommers herein: Linden, Akazien, Ginster. Die anderen Zimmer waren verschlossen und rochen scharf nach Feuchtigkeit. Aber beim Mittag- und Abendessen ließ dieses Fenster das Leben in unserer Wohnung umherschwirren.

Es waren schweigsame Mahlzeiten, die Mariangela wie einen Ritus vollzog, als hätte sie zwei Seelen: Einerseits war sie konzentriert und pedantisch, als sei das Essen eine Pflicht, die es zu erfüllen galt, oder auch etwas, was ihr zustand, andererseits abwesend, dumpf, weit entfernt. Was vor dieser zweiten Seele vorüberzog – oder ob dort überhaupt etwas vorüberzog und es sich nicht eher um einen Fixpunkt in der Vergangenheit oder einen gegenwärtigen Starrsinn handelte –, das konnte ich in keiner Weise erahnen; manchmal waren mir die Kleinlichkeit ihrer Gesten, die Kaubewegungen ihres faltigen Mundes, das vorwurfsvolle Niederschlagen ihrer Augen unerträglich, andere Male leistete allein ihre Gegenwart mir doch Gesellschaft.

Mariangela war Diabetikerin und sehbehindert; ich musste sie bei ihren kurzen Gängen innerhalb der Wohnung führen, aufpassen, dass sie nicht stürzte, ihr beim Hinlegen helfen und beim Aufstehen, die Mahlzeiten zubereiten, ihren Blutzucker messen und das Insulin spritzen, ansonsten nicht viel. Jeden Samstag badete ich sie; sanft strich ich mit dem Schwamm über ihren knochigen Körper ohne Leben, über ihre weiße, herabhängende Haut. Im Allgemeinen schwieg sie und betete, oder sie klagte, aber auf matte und unzusammenhängende Weise, obgleich sie nicht völlig ohne Verstand war. Ich wusste von ihr nur, dass sie nicht geheiratet und lange in einer Schneiderei gearbeitet hatte; abgesehen von der Singer-Nähmaschine und der Wohnung blieb ihr von ihrer ärmlichen Vergangenheit so gut wie nichts. Ein gerahmtes Foto zeigte sie als Mädchen, im Profil, mit gefalteten Händen, dunklen Haaren, dunkler Haut und nicht besonders hübsch. Sie ging nie aus dem Haus, und mit Ausnahme ihres Bruders, selten ihrer Schwägerin und einer merkwürdigen Nichte kam niemand sie besuchen. Wir beide waren die ganze Zeit alleine. Befreiung von ihr fand ich durch das Lesen, in endlosen Stunden der Stille und Entfremdung.

Ich hatte aus der Ukraine einige Bücher mitgenommen, die Bibel, *Die Tochter des Kapitäns, Anna Karenina, Weiße Nächte* in der kleinen Ausgabe aus dem 19. Jahrhundert, die ich zu Hause immer auf dem Klavier liegen hatte, und meine beiden geliebten abgegriffenen Bände mit den Erzählungen von Tschechow. Vor allem die letzteren las ich immer wieder: *Auf dem Wagen, Mein Leben, Drei Jahre, Meine Frau, Erzählung eines Unbekannten, Eine langweilige Geschichte*... Diese Erzählungen stellten rings um meine ungeordneten Gefühle voller Leiden und Verständnislosigkeit den Sinn eines gemeinsamen Schicksals wieder her, mit trockenen und bedeutungsschweren Begriffen, ohne ein Wort zu viel.

Einst hatte sie Vater und Mutter gehabt; sie wohnten damals in Moskau... Und mit verblüffender Klarheit stellte sie sich zum ersten Mal in all diesen dreizehn Jahren ihre Mutter, ihren Vater, den Bruder, die Wohnung in Moskau vor ... hörte plötzlich das Spiel auf dem Flügel... Falls mich die Lust ankommen sollte, mir einen Ring zu bestellen, dann würde ich die folgende Inschrift wählen: „Nichts ist vergänglich"... Das, was ich durchgemacht habe, war nicht vergebens... Früher hatte sie es gern, wenn man zur Abendmesse einen Kanon vortrug.... Von der Unmenge an Bekannten, die einstmals, so vor fünfundzwanzig, fünfunddreißig Jahren, in diesem Hause getafelt und gezecht hatten... war nur Ivan Ivanytsch Bragin noch am Leben... Ich bin in Charkow... Auf Ehre und Gewissen, Katja: Ich weiß es nicht... Ich hatte *Eine langweilige Geschichte* ich weiß nicht wie oft gelesen, die Schlussszene konnte ich auswendig: der Professor, der in der Tür seines Hotelzimmers steht, Katja (immer etwas ungekämmt, weil sie stundenlang angelehnt im Sessel sitzt, so dass Haarnadeln und Strähnen herunterfallen), die über den Flur davongeht, ohne sich umzudrehen. „Also wirst du nicht zu meiner Beerdigung kommen?", würde er sie gerne fragen; „Leb wohl, mein Schatz", sagt er stattdessen zu ihr, aber mehr zu sich selbst, als er sie verschwinden sieht.

Unter dem Einfluss dieser Lektüre, in der leeren Zeit der Nachmittage in Mariangelas Wohnung, hatte ich beschlossen, den Einfluss Tschechows auf die italienische Erzählliteratur zu untersuchen. Ich kannte die italienische Sprache und zum Teil auch die Literatur, weil ich sie an der Universität studiert hatte (und das Studium auch abgeschlossen, trotz Katjas Geburt – ich arbeitete in den Stunden, in denen sie schlief), und ich würde meinen Aufenthalt in Italien nutzen können, um einen Artikel zu verfassen, einen Essay, etwas, was mir Zugang zum Institut für Russische Sprache und Kultur in Kiew verschaffte, wo ich schon länger versuchte, unterzukommen. Es war ein einzigartiger Anflug von Tatendrang, Pragmatismus und Vertrauen, den ich mir heute nur noch schwer erklären kann. Dem Charakter meiner Leidenschaft für die Erzählungen Anton Tschechows entsprach eigentlich eine eher anarchische und gefühlvolle Art des Lesens; im Übrigen hatten meine Lebensumstände mich zu einer Frau werden lassen, die mit der akademischen Forschungswelt nicht mehr das Geringste zu tun hatte. Nichtsdestoweniger hatte ich beschlossen, regelmäßig die Bibliothek der sprachlichen Fakultäten der städtischen Universität aufzusuchen, die, wie man mir gesagt hatte, auch über ein Institut für Slawistik verfügte. Etwa drei Monate nach meiner Ankunft in Italien war ich zum ersten Mal dort gewesen.

Ich hatte mich den Büchern gegenüber gesetzt – Regalreihen aus dunklem Holz, voll mit Bänden hinter Glas, säumten sämtliche Wände; es war niemand da, nur eine angenehme Stille und ein sehr intensives Licht; ich hatte mir bei dem Mädchen hinter der Theke zwei Erzählbände von Nina Berberowa ausgeliehen und zum Nachschlagen die beiden letzten Bände einer großen Literaturgeschichte, die ich kannte. Ich hatte ein kleines Heft und einen Stift aus der Tasche gezogen, mit der Hand über den glatten Tisch gestrichen und die erste Seite tastend erforscht. Es waren Gesten aus einer anderen Ära; gewohnte Verrichtungen aus Tagen voller Vertrauen, beziehungsweise aus Nächten, in denen die anderen beiden in der Wohnung sicher und gesund schliefen. Seit mein Mann krank geworden war, hatte ich nichts mehr geschrieben. Ich fing also an zu lesen und Notizen zu machen wie jemand, der wieder laufen lernt. Aber die Gedanken an Katja lenkten mich ab. Die Sorgen wegen meiner Tochter besetzten in dieser Zeit jeden meiner ruhigen Momente, sie hielten mich gefangen. Unsere letzte Begegnung, als ich wegen eines Problems mit der Aufenthaltsgenehmigung rasch nach Kiew zurückkehren musste, war in vielerlei Hinsicht nicht glatt verlaufen, und ich hatte klare Anzeichen einer Krise bemerkt; nicht dass es davon nicht auch früher schon andere gegeben hätte, aber auf irgendeine Weise hatte sich das Gleichgewicht unserer Beziehung in jenen Tagen deutlich ins Negative verschoben. Als wir uns nur zu zweit beim Abendessen wiederfanden, einander gegenüber in der kleinen rechteckigen Küche sitzend, in diesem ungewohnten Zuhause, in dem ihr Vater nicht mehr anwesend war, hatte ich bemerkt, dass ich zu meinem Bedauern eine stärkere Feindseligkeit als sonst in ihr hervorrief. In der neuen Wohnung, die sehr eng war und im Parterre lag, mit Fenstern, die auf eine Begrenzungsmauer hinausgingen, welche etwas tiefer gelegen war als die Straße (dennoch hatte der Sommerabend auch diese Mauer erfasst, über die spärlich wachsende Kletterpflanze breitete sich ein warmes Licht, und ich, die ich meinen Aufenthalt in Italien noch immer als erzwungenes Exil betrachtete, hatte trotz allem das Gefühl, heimgekehrt zu sein), hatten wir erkannt, dass wir einander fremder waren als sonst, zwei Fremde, die eigentlich nichts als einen gegenseitigen Groll und einige merkwürdige Erinnerungen gemeinsam hatten. Die Müdigkeit von der langen Busreise hatte bei mir eine Art Übelkeit hervorgerufen, und als ich mich kurz vorher ans Bett lehnte, hatte ich mich sehr schlecht gefühlt, was ich jedoch vor Katja verborgen hatte; ich wollte, dass sie mich bei guter Gesundheit sah und keinen Grund zur Sorge hatte; wir würden auch nicht allzu viel von ihrem Vater sprechen; ich wollte Erleichterung und Kameradschaftlichkeit zwischen uns.

„Weißt du was, Katja? Sie haben mir Kleider geschenkt…“, hatte ich zu ihr gesagt, während ich mich in meinem Zimmer umzog. Diese Kleider hatten Mariangelas Nichte gehört, einer exzentrischen, reichen und ungepflegten Frau mit finsterem Blick, den ihre Stimme etwas abmilderte, aber nicht weil es eine wohlwollende Stimme war, sondern weil sie so klang wie die Stimme einer anderen, die von woanders her sprach, etwas leiernd und albern.

„Nach Art von Frau Iwanowna, wenn du weißt, was ich meine.“ Ich zog mich schweigend fertig an. Sie sagte nichts. Ich ging zurück in die Küche und suchte dabei mit dem Blick in den Zimmern nach ihr. Sie saß aber schon am Tisch, hatte unsere Teller gefüllt und aß bereits ihre Suppe.

„Sie hat einen reichen Mann geheiratet, die beiden haben eine große Wohnung, tapeziert mit Bildern, in der Altstadt. Du solltest sie mal sehen, die Altstadt… Gebäude aus dem neunzehnten Jahrhundert, eingezwängt zwischen Straßen, die so eng sind, dass sie wie Gassen wirken.“ Sie war blass und hatte tiefe Ringe unter den Augen; die Haare hatte sie nachlässig mit einer Klammer hochgesteckt; nervös bewegte sie ihre Beine unter dem Tisch, wobei die Bewegung sich auf ihren ganzen Körper übertrug; sie aß lustlos.

„Ein Jammer, dass die Kleider nicht in deiner Größe sind. Ich hätte sie dir alle dagelassen. Sie hätten dir sehr gut gestanden.“ Sie schwieg, lächelte kaum. Ihr hektischer, überempfindlicher Körper, die breiten und mageren, etwas zur Brust hin gekrümmten Schultern, der Busen, der sich kaum unter dem dünnen, verknitterten ärmellosen Hemd abzeichnete: Jetzt, da ich sie endlich richtig anschaute, schien mir das alles zugleich ihr Misstrauen und ihre Schwäche anzuzeigen.

„Erinnerst du dich an das Kleid mit den roten Blümchen, das wir zusammen gekauft haben, als du zwölf warst? Du hast es die ganze Saison lang getragen… So sind die Sachen alle: kleine Blumenmuster und mit Spitzenbesatz. Auch wenn die Stücke alt sind und die Frau sie loswerden wollte, zieht sie sich doch immer noch genauso an; ich habe sie nie in einem wirklich eleganten Kleid gesehen… Und außerdem sieht sie immer ein bisschen unordentlich aus…" Es fiel mir schwer, weiterzureden. Ganz offensichtlich vermied sie es, Fragen zu stellen, die es mir erlauben würden, fortzufahren, weiterzuerzählen; sie antwortete kaum und lakonisch.

„Kommt Wanja nicht?", hatte ich sie dann gefragt.

„Er kommt morgen; er wird uns mit Papa helfen", hatte sie geantwortet.

„Wir hätten zusammen zu Abend essen können."

„Er kommt morgen. Heute Abend möchte er lieber lernen." Sie kräuselte leicht die Lippen. Ich hatte für einen Moment befürchtet, es gebe eine Krise zwischen den beiden – befürchtet? Ich sollte besser sagen: gehofft. Aber höchstwahrscheinlich wollten sie nur ihre Unabhängigkeit unter Beweis stellen und mir zu verstehen geben, dass Katja an jenem Abend nur aus Pflichtbewusstsein auf mich gewartet hatte. Wir blieben schweigend sitzen.

„Die Toilette ist schmutzverkrustet", sagte ich zu ihr. „Morgen kümmere ich mich darum; aber manchmal musst du schon daran denken, Bleichmittel zu benutzen und es einwirken zu lassen." Ich suchte nach ihrem Blick. „Du weißt, wie das geht? Du wartest eine Weile, dann machst du gut sauber, mit der Bürste, richtig fest schrubben…" Ich erhielt keine Antwort. „Du darfst die Wohnung nicht so schmutzig werden lassen, Katja", hatte ich zu ihr gesagt (in der Tat verspürte ich ein unbezähmbares Bedürfnis, sie zu tadeln, weil sie mich so sehr verletzte).

„Ich muss mich schon um meine Prüfungen kümmern und um Papa", antwortete sie und stand auf. Nach dem Essen ließ sie mich die Küche alleine aufräumen; sie war in ihr Zimmer gegangen, um zu lernen. Ich spülte langsam die Teller ab und dachte dabei an sie, während es draußen dunkel wurde und die Straße sich wieder belebte, weil das Abendessen vorüber war: Man hörte Mofas und Fahrräder und das Geschrei der Kinder, die in einem kleinen, armseligen Park um die Ecke spielten. Auch Katja ging als Kind im Sommer abends hinaus. Sie hatte Freundinnen in dem alten Mietshaus, mit denen sie im Hof vor dem Eingang und entlang der ganzen Umzäunung Verstecken spielte, bis hinters Haus. Das waren Momente des Friedens. Mein Mann half mir aufzuräumen und trocknete das Geschirr ab. Wir redeten. Draußen riefen die Kinder laut, wenn sie gefunden wurden. Katja aber schrie, wie außer sich und schrill. Mein Mann ging dann ans Fenster und rief nach ihr. Er blieb dort stehen, um sie zu beobachten. Dann ging auch ich zum Fenster und blieb neben ihm stehen. Wir sahen Katja und die anderen Mädchen, das Wohnviertel und die Dämmerung jenseits der Häuser. An jenem Abend, als ich mich beim Licht der Nachttischlampe hinlegen wollte (dieses Zimmer war nichts als ein geronnener Klumpen aus bösen Erinnerungen), kam sie zu mir. Sie hatte sich umgezogen und trug jetzt eine Schlafanzugjacke ihres Vaters, die ihr zu groß war, und darunter einen Slip; die Haare fielen ihr offen über die Schultern, wellig und weich. Es war für sie zugleich eine Form des Protests und ein Liebesbeweis, immer noch die Schlafanzüge ihres Vaters zu tragen: Kleidungsstücke, die eigentlich für immer in einer Schublade verschwunden waren, am Leben zu erhalten und mit einem lebendigen, sich bewegenden Körper zu füllen. Sie legte ihre ausgestreckten Arme um meinen Hals, lehnte den Kopf an meine Schulter und sagte dabei „Mama", ganz sanft. Das hatte sie auch als kleines Mädchen immer gemacht, auf diese sehnsüchtige und unerwartete Weise, voller gefühlsmäßiger Überlegenheit. Ich nahm ihren Kopf, ihr Haar, ihr Gewicht auf mir hin, erwiderte ihre Annäherung jedoch nicht. Neben ihrem hatte mein Körper etwas Unpassendes, er wirkte zu jung und zierlich, gar nicht mütterlich. Dieser Gegensatz zwischen meiner äußerlichen Schmächtigkeit und dem inwendigen Gewicht meiner Verantwortung für diese junge Frau machte mich verlegen. Andererseits war der Stimmungswechsel, der in der Zeit zwischen dem Essen und diesem Moment bei ihr stattgefunden hatte, zu unvermittelt, als dass ich dem hätte trauen wollen. Solches Verhalten war mir nicht neu, ich war an ihr Schweigen und ihre launischen Reaktionen gewöhnt; neu jedoch war unsere Situation. Obgleich diese intime Nähe mich an einige ihrer dramatischen Posen aus der Vergangenheit erinnerte, machte ich mir keine Illusionen: Mein Weggang hatte ihre Gewohnheiten bereits verändert und dazu geführt, dass sie eine neue und unwiderstehliche Freiheit gekostet hatte; die Tatsache, dass sie allein mit Wanja in der verlassenen Wohnung leben konnte, erlaubte ihr aller Wahrscheinlichkeit nach, das zu sein, was sie in Wirklichkeit bereits seit langem geworden war: eine sinnliche und etwas zynische Frau, die die Entzauberung und Enthemmtheit des reiferen Alters bereits auf verschiedene Weise erfahren hatte.

„Hast du Angst, alleine zu schlafen?"

„Nein. Ich habe keine Angst." Sie lächelte und schaute mich von der Seite an. Das Licht beleuchtete ihr Profil. Mit einem Mal war sie ironisch geworden. „Wie heißt nochmal die Alte?"

„Mariangela."

„Schnarcht sie nachts?"

„Sie gibt unmenschliche Geräusche von sich."

Während ich in der Bibliothek saß, zerriss mir die Vorstellung, dass die Trennung von meiner Tochter ein unverhältnismäßiges Opfer sein könnte im Vergleich zu dem, was ich für sie erreichen würde, vor Angst die Eingeweide.

Als ich zum ersten Mal die Bibliothek der Fakultät für Sprachen betreten hatte, an einem warmen Augustabend, hatte ich den Professor für Russisch kennengelernt, Giulio De Felice. Er sprach mich an, als ich an seinem Büro vorbeiging. Die Bibliothekarin war noch in Urlaub, und er hatte Sorge, dem jungen Mädchen, das sie vertrat, seien die Regeln der Bibliothek nicht ausreichend bekannt.

„Literaturgeschichten darf man nicht mit nach Hause nehmen“, sagte er zu mir.

„Ich habe nur zwei Bücher von Nina Berberowa mitgenommen“, versicherte ich, blieb an der Tür stehen und zeigte sie ihm.

„Romane dürfen ausgeliehen werden.“ Er hatte ein hageres Gesicht und dichtes, dunkles, nach hinten gekämmtes Haar; seine Augen waren hell und lebendig, und er trug ein graues Jackett. „Entschuldigen Sie, *signora*.“ Er lächelte fast unmerklich und beugte den Kopf wieder über seine Papiere – sein Zimmer lag im Halbdunkel, das starke Licht einer Lampe fiel auf seinen großen Schreibtisch. Er schien mir streng zu sein, aber auch freundlich. Ich überlegte, ob ich ihn nach ein paar Informationen fragen könnte. Ich wusste gar nicht, dass er tatsächlich der Professor für Russische Literatur war; aber da ich mir noch nicht richtig darüber im Klaren war, wie ich bei meinen Forschungen vorgehen wollte, und noch Anhaltspunkte brauchte, schien mir dies zumindest eine Gelegenheit zu sein, die ich nicht verpassen durfte. Der Professor sah auf und blickte mich an.

„Auf Wiedersehen, *signora*“, sagte er zu mir und neigte dabei den Kopf mit einem leichten Nicken, mit der offensichtlichen Absicht, mich zu verabschieden. Ein nervöser Mann von schwächlicher Gesundheit, pedantisch und elegant. Das war der Gesamteindruck, den ich aufs erste von ihm hatte und innerlich in Worte fasste, während ich die breite Treppe des Gebäudes hinunterging, und dem die nicht ganz oberflächliche Bekanntschaft, die ich in der Folge mit ihm machen sollte, niemals wirklich widersprach. Heute jedenfalls könnte ich besser sagen, worin seine Eleganz und seine Krankheit bestehen, und auch, warum er so sehr an allem hängt, was sein Institut betrifft. Heute könnte ich vieles über ihn sagen.

III

Ich hatte begonnen, an den freien Nachmittagen, die mir laut Vertrag einmal pro Woche zustanden, regelmäßig die Bibliothek zu besuchen. Durch den Wechsel der Jahreszeit hatte die kleine Stadt, die nun oft im Nebel steckte, mittlerweile einen großen Teil ihrer Anziehungskraft eingebüßt: In der feuchten Luft breitete sich Trostlosigkeit auch über die schönen Mauern und ließ sie fleckig und glitschig werden; der Horizont, für mich das Wunderbarste an dieser Stadt, war häufig verhangen, und mein Körper verspürte eine starre, unangenehme Kälte. Vor allem anderen jedoch hatte ich Sehnsucht nach meiner fernen Familie. Ich suchte Schutz unter meinem Regenmantel, senkte den Kopf gegen die eisige Kälte und sagte mir, dass ich ohne jeden Zweifel Weihnachten nach Hause zurückkehren würde; keinen Tag länger würde ich es hier aushalten. In der ersten Zeit hatte ich, vermischt mit Heimweh und Furchtsamkeit, auch einen seltsamen neuen Optimismus in mir wahrgenommen; ein Gefühl der Freiheit, das Wiederfinden meines Körpers, die Begeisterung für das Neue, für unentdeckte Lebensmöglichkeiten. Schließlich hatte ich jahrelang einen schwerkranken Mann gepflegt (es eröffnen sich dir freie Augenblicke, es öffnet sich dir der Himmel, der Horizont, du merkst, dass du dir etwas herausnehmen, etwas genießen kannst; in den Dingen steckt eine Hoffnung, die auch dich betrifft, auch wenn sie nicht in direkter Beziehung zu deinem Leben steht... Das Leiden, jedenfalls das, wie wir es erlebten, jene Art von Leiden, die ständige Hingabe und Zuwendung von einem fordert, verschließt alles, lässt die Rollläden des Lebens herunter, und das dauerte nun schon Jahre). Jetzt, da mir der

Nebel in die Knochen drang und die nasse Kälte von der Straße in meine Füße sickerte, wollte ich nur noch nach Hause. Aber in der Bibliothek des Instituts für Sprachen fühlte ich mich wohl und sicher, geschützt vor den Unbilden des Wetters; das Studieren lenkte mich ab. Ich betrachtete es als Pause vom Warten auf meine Heimkehr. Der Ort war nur spärlich frequentiert, und wer überhaupt dort hinkam, Dozenten wie Studenten, nahm keine Notiz von mir. Ich hatte auch aufgehört, mir wegen meiner zerknitterten Kleidung Sorgen zu machen oder wegen der Schuhe und Strümpfe voller Schlammflecken; im Übrigen sah in dieser Bibliothek niemand wesentlich gepflegter aus als ich, und ohnehin schaute mich niemand an. Es dauerte nie lange, bis ich alleine mit den Büchern und den Entdeckungsmöglichkeiten war, die sie mir boten (ich knüpfte die Fäden einer parallelen Existenz zusammen; sobald ein Autor mir interessant erschien, zwang ich sein ganzes Erzählwerk in den Dienst meiner Arbeit, machte mir Notizen und schrieb Kommentare). Meine Aufgaben in Mariangelas Haus gingen mich an jenen Nachmittagen nichts an; nur in seltenen Augenblicken, durch gewisse Empfindungen, die ich sofort beiseiteschob, fühlte ich mich wieder als *badante*, als häusliche Altenpflegerin.

Die einzige Person, mit der ich ein wenig Kontakt hatte, war die Bibliothekarin, eine junge hübsche Frau namens Esther, die an einem Tisch in einer Ecke der Bibliothek saß. Mit ihr wurde ich auf eine gewisse Art vertraut; ich fragte sie nach Büchern und Literaturempfehlungen, wenngleich ich in der ersten Zeit dazu neigte, einige ihrer Verhaltensweisen mit dem im Allgemeinen kalten und abweisenden Benehmen der Dozenten und Institutsangestellten gleichzusetzen. Dabei war sie in Wirklichkeit ganz anders, freundlich und frei von Überheblichkeit, aber ein Klima ist eben ein Klima, und ich war neu hier, auf eine gewisse Art wehrlos und bedürftig: In solchen Augenblicken eben war ich tatsächlich eine ukrainische Altenpflegerin, die in der Bibliothek einer ausländischen Universität sitzt; eine absonderliche Erscheinung. Irgendwann kam immer der Moment, in dem ich dachte, ich verlangte zu viel von Esther; dann ließ ich Zeit nutzlos verstreichen, nur um sie nicht zu stören. Dann lenkte ich mich ab, indem ich ihre Reaktionen beobachtete. Ich erkannte an ihren Blicken, welche der Dozenten, die mit einem Anliegen zu ihr kamen, Respekt und Sympathie verdienten, und welche man hingegen als neurotisch und übernervös, hochmütig, nachtragend, eingebildet oder nervtötend zu betrachten hatte. All dies verrieten mir leichte Nuancen in ihren stets sehr korrekten Blicken und auch in ihrer Körperhaltung und Stimmlage, die ich allesamt zu interpretieren gelernt hatte. Sie war ein sanftmütiges Geschöpf. Kraft ihrer Schönheit wirkte sie häufig überlegen gegenüber den Dozenten, die sich offenkundig zu ihr hingezogen fühlten; gewisse Verhaltensweisen jedoch, die sie nicht verstand, ließen ihr Lächeln erstarren, und manchmal nahmen ihr Blick und ihr Tonfall etwas Flehendes an. Der Professor für Russische Literatur, eifrigster Besucher des Instituts (von den anderen hatte ich den Eindruck, sie kämen eher wie Laufkundschaft auf der Durchreise kurz hereingeschneit), tauchte jeden Tag in die Bibliothek auf, in aller Regelmäßigkeit und mit der gesamten Verhaltenspalette seines emotionalen Wesens. Er war ein impulsiver, unberechenbarer Mensch mit überreizten Nerven. Es gab Tage, da stürzte er sich auf jeden, der ihm über den Weg lief; dann hob er die Stimme, und seine Worte wurden so aggressiv, schneidend und demütigend, dass derjenige, an den sie gerichtet waren, sich zwangsläufig wie ein Wurm fühlen musste; es war nicht mehr möglich, die eigene Würde zu wahren, wenn man nicht noch lauter schreien und fluchen wollte als er. Das aber tat niemand; warum, weiß ich nicht (anscheinend ist niemand von uns unfehlbar genug, um einer solchen Art Scharfrichter in gebührender Weise antworten zu können). Wenn er auftauchte, wurde die Stille in der Bibliothek eisig. Esther nannte er „*signora*".

„*Signora*, würden Sie mir das und das holen, aber bitte mit einer gewissen Dringlichkeit…“, und während er wartete, stützte er sich mit einer zur Faust geballten Hand auf den Tisch, sah sich voller Unerbittlichkeit um und unterdrückte – allerdings mit einer Spur Theatralik – die Feindseligkeit, die er gegenüber jenen Menschen da draußen hegte, mit denen er gerade vor kurzem gestritten hatte. Wir dort in der Bibliothek, form- und einflusslos wie wir waren, sollten schließlich mitbekommen, welche Kämpfe er auf diesen Korridoren auszufechten, mit welchem Elend und welcher Unzulänglichkeit er sich herumzuschlagen hatte. Auf diese Weise behauptete er sich in unserem Revier. Mit einem Hauch von Prometheus. Aber ohne dessen Energie auszustrahlen, dafür mit einem sehr neuzeitlichen, etwas schrillen und kraftlosen Zorn. Wie im Theater eben. Esther war sehr zuvorkommend und geduldig mit ihm; auf ihre Art stand sie ihm bei. Am Ende solcher Tage kam er immer noch einmal zu ihr. Blass und hemdsärmelig. Um diese Zeit war die Bibliothek fast leer, nur die Lampen an den besetzten Plätzen brannten, und alles wirkte sehr gesammelt. Ich blieb bis zur Schließzeit, um voll und ganz die Freiheit zu nutzen, die ich für mich selbst verwenden konnte; außerdem war dies für mich die beste Zeit, denn wenn es draußen dunkel ist, kann ich am produktivsten arbeiten. Nach und nach leerte sich dann die Bibliothek, es verschwanden das Rascheln, die Halbsätze, die immer drohende Ablenkung durch die allzu jungen Studentinnen, von denen sich die meisten darauf beschränkten, die Tätigkeit des Studierens zu imitieren, und wegen jeder Kleinigkeit kicherten. Es gefiel mir, sie im Auge zu behalten und auf frischer Tat zu ertappen; ich für meinen Teil begegne solchem Benehmen mit einem wenig wohlwollenden Mitleid, aber schweigend. Katja ist da anders als ich, direkter und zielgerichteter.

Vor ein paar Tagen gab mir eine Kollegin vom Institut hier in Kiew das Programm einer wissenschaftlichen Konferenz zu lesen. Ihr Mann ist Arzt, und das Programm hatte auf seinem Tisch gelegen.

„Hier, das wird dich interessieren", sagte sie zu mir. Es handelte sich um eine Konferenz zur Hämodialyse, die neuen Grenzen der Forschung und ihrer Anwendungsmöglichkeiten, so etwas in der Art. Ich erinnere mich nicht mehr genau an den Titel. In meinem Kalender habe ich nur den Ort aufgeschrieben, das Auditorium Maximum der Universität Charkiw, sowie Tag und Uhrzeit des Vortrags von Katja, ich weiß nicht einmal, wovon er handeln wird. Als ich ihren Namen las, fing mein Herz wie verrückt an zu klopfen, ich wusste gar nicht, wie mir geschah. Auf jeden Fall nahm ich mir jedoch sofort vor, hinzugehen. In diesem Moment war ich mir ganz sicher; das sagte ich auch zu meiner Kollegin: „Ich gehe hin, auch wenn sie nicht mit mir reden wird." Aber jetzt weiß ich nicht mehr, ob das wirklich passend ist; sie hat mich lange nicht gesehen, und wenn sie mich im Publikum erkennt, könnte sie das aus dem Konzept bringen; sie ist eisern, aber doch ein menschliches Wesen, und ich bin ihre Mutter. Ich will ihr bei einem so wichtigen Anlass nicht im Wege stehen. Sie ist erst dreiundzwanzig und tritt schon als Referentin auf; die anderen scheinen alles herausragende Namen zu sein: Koryphäen, Chefärzte, Professoren. Natürlich habe ich riesige Lust, hinzugehen, sie endlich zu sehen und ihr zuzuhören, festzustellen, was sie aus ihrer Intelligenz macht. Ich weiß ja fast gar nichts mehr von ihr. Als meine Kollegin aus dem Zimmer gegangen war („Du musst sehr stolz auf sie sein", hatte sie gesagt, obwohl sie alles über Katja und mich wusste), habe ich geweint ohne Ende.

Um nun aber auf meine Zeit in Macerata zurückzukommen: Gegen Abend kam De Felice üblicherweise in der Bibliothek vorbei und ließ sich breitbeinig auf einen Stuhl fallen.

„Meine liebe *signora*", sagte er dann in einem Ton, der sich von dem unterschied, mit dem er sich tagsüber an Esther wandte (heute gelingt es mir nicht mehr, sein Stimmregister genau zu beschreiben; ich erinnere mich an eine Vielfalt von Tonlagen: Galanterie, Ironie, Sarkasmus, Zorn, Erschöpftheit; stets jedoch klang seine Stimme aristokratisch, alles in allem angenehm und ruhig; manches Mal ein wenig matt, fast brüchig, frei von dialektalem Einschlag). Ärger und Mühen des hinter ihm liegenden Tages hatten ihn zu einem erschöpften Mann werden lassen, der dann noch ausgezehrter und abgearbeiteter wirkte als gewöhnlich. Aber mit Esther hatte er Lust zu sprechen und zeigte sich dabei wieder galant. Sie gefiel ihm, das war offensichtlich. „Meine liebe *signora*", sagte er dann also zu ihr und fing an, müde vor sich hin zu reden, wobei er auf einen Punkt ins Leere starrte. Von dem ganzen Ärger des Tages blieb nur die Entkräftung übrig sowie die ungewohnte Unordnung in seiner Kleidung – die Krawatte gelockert, kein Jackett; tatsächlich schien ihm die abendliche Vertraulichkeit mit der Frau Erleichterung zu verschaffen. Er war damals achtundfünfzig, und seine Galanterie war alles andere als greisenhaft, aber körperlich wirkte er stark mitgenommen.

Nach der Episode des ersten Tages hatte ich, trotz seiner scheinbaren Gleichgültigkeit, den Eindruck, dass er von Anfang an allen meinen Bewegungen gefolgt war, so wie ein Hausherr ein komisches kleines Tier beobachtet, das in seine Räume eingedrungen ist, das er aber nicht töten will. Tatsächlich jedoch hatte sich zu dieser meiner Wahrnehmung noch eine weitere hinzugesellt: nämlich, dass er sich für die Menschheit interessierte, besonders für deren weiblichen Teil, um genau zu sein. Jedenfalls war er eines Tages vor mir stehengeblieben. Er trug zwei große Bände unter dem Arm.

„Sind Sie auch am Verrücktwerden?", hatte er mich gefragt.

„Ich sitze an einer Forschungsarbeit", antwortete ich mit einiger Verlegenheit, „ich versuche herauszufinden, inwiefern Tschechow die italienische Erzählliteratur beeinflusst hat." Speichel erstickte das Ende meines Satzes in der Kehle. Mit einem Mal hatten die Unmenge an Büchern, an literarischen Erfahrungen, kritischen Aufsätzen und Diskursen, von denen De Felice zweifellos Kenntnis besaß, sowie andererseits der Umfang an konkreten menschlichen Situationen mit ihren Dringlichkeiten, die diesem so empfindsamen Mann ebenfalls wohlbekannt waren, meine Forschungen zu einer kleinen, unbedeutenden, hoffnungslos anmaßenden Arbeit ohne jede Substanz und Motivation zusammenschrumpfen lassen.

„Ich weiß“, hatte er mir jedoch geantwortet, mit einem Aufblitzen von Ironie im Blick, die aber offensichtlich seine Fähigkeit als Oberaufseher betraf und nicht meine Arbeit. Also war meine Unzulänglichkeit doch nicht von Bedeutung; ich gehörte zu seinem Zuständigkeitsbereich, und allein diese Tatsache rechtfertigte meine Existenz. Dies beschloss ich auszunutzen; sein Blick eröffnete mir unverhoffte Kommunikationsmöglichkeiten.

IV

Als ich damals im Februar begann, den Kurs für Russische Sprache und Literatur zu halten (Niveau B für Studenten im zweiten Jahr), gab ich den Dienst bei Mariangela auf und zog in den Nebenraum eines Lebensmittelgeschäfts, fast direkt gegenüber ihrem Haus. Während ich in der Morgendämmerung die Böden des Ladens wischte, konnte ich vom Schaufenster aus ihre Fenster sehen und das schwache Licht unter ihrem Lampenschirm. Mariangela begann gewissenhaft ihren Tag, in der Wärme und Vertrautheit ihrer Zimmer, wo nun an meiner Stelle ein sehr junges Mädchen wohnte, das fast sofort für mich eingesprungen war. Alles in allem hatten die alte Frau und ihr Zuhause sich mir gastfreundlich gezeigt, viel mehr als meine neuen Arbeitgeber. Jedoch ließ mir die Arbeit in dem kleinen Supermarkt freie Zeit, gerade so viel, wie meine Tätigkeit an der Universität es erforderte. Es wurde verlangt, dass ich putzte und während der Schließzeiten die Waren aus dem Lager in die Regale einsortierte: morgens früh, abends nach dem Abendessen und sonntags. Um alles andere kümmerten sich Schwiegersohn und Tochter der Eigentümerin, mit denen ich so gut wie nichts zu tun hatte. Die Arbeit war einigermaßen anstrengend – sie ruinierte mir die Hände und zerstörte meinen Rücken –, aber überschaubar. Dafür verfügte ich über einen Schlafplatz im Nebenraum, den ich tagsüber räumen musste, und über einen Lohn, den ich regelmäßig nach Hause schickte. Wegen dieser Umstände und wegen des feuchten und regnerischen Wetters, das auch diese kleine Stadt unwirtlich machte, war mein neues Zuhause nunmehr das Universitätsgebäude. Dort hatte ich einen Tisch in einem kleinen Durchgangszimmer zwischen der Portiersloge und einem leeren Büro; die Arbeitsfläche war zum großen Teil von verstaubten Papieren bedeckt, die zu entfernen ich nie den Mut aufbrachte; an diesem Tisch bereitete ich meine Unterrichtsstunden vor, arbeitete weiter an meinen Forschungen und empfing die Studenten.

Am Anfang war es schwierig. Es gab Stunden, in denen die Straßen wie ausgestorben waren. Ich aß alleine zu Mittag, so gut es eben ging, üblicherweise auf einer Bank gegenüber der Universität, wo die Straße sich zu einem kleinen Platz erweiterte (aber irgendwann begann ich mich dafür zu schämen, und da es in jedem Fall zu teuer war, in ein Café zu gehen, verzichtete ich darauf, mittags etwas zu essen). „Nina", sagte ich zu mir selbst, „du hast ein Zuhause, du hast deine Lieben; was machst du eigentlich hier?" Aber an die gegenwärtige Situation in der Heimat band mich eher ein Gefühl der Verantwortung; unsere erste Wohnung war es, nach der ich wirklich Sehnsucht hatte. Erinnerungen, die mir, wenn ich nur kurz an sie rührte, vor Kummer den Magen umdrehten. Die Wohnung von Katjas Kindheit. Vier Räume, von einem Holzofen beheizt und rosa gestrichen: zwei Zimmer, ein Bad, eine Küche und Fenster ohne Vorhänge; der Fußboden aus dunklem Holz von allerlei Kratzern und Macken gezeichnet, glänzend und warm. Zusammengewürfeltes Mobiliar, von dem ich mich vor allem an ein hartes, geblümtes Sofa erinnerte, das ich mit Bedeutung auflud: Wir hatten es gekauft, als wir schon seit neun Jahren in der Wohnung lebten (bis dahin hatte ich gestillt, hatten wir ferngesehen und uns umarmt auf wackligen 60er-Jahre-Küchenstühlen aus Stahl und Kunststofflaminat). Dieses Sofa hatte einer alten Frau gehört, die im ersten Stock wohnte; nach ihrem Tod hatten ihre Verwandten eine kleine Versteigerung organisiert. Mein Mann und ich waren sehr froh, dass es uns gelungen war, es zu erwerben. Wir hatten es sofort über die sechs Stockwerke des Mietshauses hochgetragen, wir beide ganz allein; mein Mann vorne und ich hinten – es war Herbst, ein strahlender Herbst, wie es sie in Kiew gibt; vor den langen und schmalen Fenstern, die dem Treppenhaus Licht gaben, sah ich die Bäume im Hof, die sich im starken Wind bogen, und das Wirbeln der Blätter.

„Schaffst du es?", fragte mein Mann mich immer wieder. „Meinst du, du schaffst es?" Das Sofa war ziemlich schwer und das Treppenhaus eng. Katja hüpfte vor uns her; von Zeit zu Zeit wandte sie sich nach uns um.

„Schaffst du's, Mama?", fragte mich auch sie. Sie war acht (es war der Oktober meines dreißigsten Geburtstags; war das der Rest vom Fest? Konnte ich meine Jugend damit für beendet erklären? Und wenn, was ist es denn, was ich jetzt habe, mit fünfundvierzig Jahren? Wie ist es möglich, dass das reife Alter so viele Umbrüche kennt, nachdem die ersten Phasen des Lebens so schnell und alles in allem so gleichförmig gewesen waren?). Ganz aufgeregt lief sie ihrem Vater zwischen die Füße.

„Geh weiter, Katja", sagte er jedes Mal zu ihr, „steh mir nicht im Weg"; aber sie nahm nur ein paar Stufen, und schon blieb sie wieder stehen, kehrte um und versuchte eine Hand unter das Sofa zu schieben.

„Lass das, Katja", sagte ihr Vater zu ihr, „geh weiter. Geh weiter, bitte." Am Ende rannte sie nach oben und schaute vom Treppenabsatz vor unserer Wohnung zu uns herunter, die Arme auf das Geländer gestützt, den Kopf vorgereckt, auf einmal ganz ernst, aufmerksam und neugierig; ihr kleines Gesicht schwebend und verunsichert durch das große Ereignis.

„Schaffst du's, Mama?", fragte sie mich trotzdem immer weiter, mit ganz leiser Stimme. Meine geliebte Kleine. Das war für sie eine große Unternehmung gewesen. Von historischem Ausmaß. Im Grunde für uns alle. Mein Mann war begeistert; endlich hatten wir einen bequemen Sitzplatz. Er kontrollierte dort Katjas Hausaufgaben, wenn er am Abend nach Hause kam. Sie wollte nicht, dass ich es tat. Er war sehr geduldig. Heute erinnere ich mich vor allem an die Dunkelheit und die Kälte draußen, den verschwommenen Verkehrslärm, das Scheppern der Reifen mit den Schneeketten und darüber das Heulen des Windes; wir drei in dem einzigen Raum, der zugleich als Küche und Wohnzimmer diente. Mein Mann hatte das aufgeschlagene Heft in der Hand, hielt es ein wenig von sich weg, den Rücken angelehnt und einen Ellbogen auf die Armlehne gestützt. Er nahm eine professorale Haltung ein; seine Stirn war gerunzelt. Katja saß auf seinem Schoß. Wir hatten nur diese eine Tochter; ein weiteres Leben war in mir erloschen, einfach so, ohne Grund. Mein Mann hörte ihr zu, stellte Fragen, erklärte. Er verfügte über ein gutes Gedächtnis und besaß eine ziemlich reichhaltige, wenn auch eher oberflächliche Sammlung allgemeiner Kenntnisse, die sie in sich aufsaugte wie ein Schwamm; sie war damals schon sehr kritisch und wenig geneigt, unseren Ratschlägen über das Leben und zu angemessene Verhaltensweisen Vertrauen zu schenken; aber das enzyklopädische Wissen ihres Vaters war ihr heilig. Die beiden kamen immer etwas verspätet zum Essen; ich setzte mich vor ihnen an den Tisch, sah ihre Gestalten auf dem Sofa im Fenster gespiegelt, zerbrechlich vor dem dunklen Himmel. Dass all dies sehr gefährdet war, hatte ich schon immer wahrgenommen.

V

Also, es war Folgendes vorgefallen: Bei einem seiner überdramatischen Auftritte hatte Giulio De Felice einen Kollegen dazu gebracht, auf seine Lehrtätigkeit zu verzichten – einen sehr gebildeten, aristokratisch und müde wirkenden russischen Herrn, seit Jahren Privatdozent an der Fakultät, der aus Vergesslichkeit sämtliche Prüfungen eines besonders überlaufenen Termins De Felice aufgehalst hatte, und das an einem Tag, an dem dieser, wie es häufig bei ihm vorkam, an Fieber litt. Als Folge war die Dozentur für den B-Kurs neu ausgeschrieben worden, und man hatte mir vorgeschlagen, mich für einen befristeten Vertrag zu bewerben. De Felice hatte ein paar wenige Seiten meiner Arbeit gelesen und sah mich immer viele Stunden lang über den Büchern sitzen, ich sprach Russisch und konnte auch gut Italienisch: Das erschien ihm ausreichend. In der Flut aus Mittelmäßigkeit, Inkompetenz und Faulheit, von der, wie er fand, seine Abteilung mitgerissen wurde, glaubte er sich an mir als kleinem Floß festhalten zu können. Ich meinerseits hatte, ungeachtet des inneren Konflikts, der mir aus der Verlängerung meines Aufenthaltes in Italien erwuchs, diesen Vorschlag wie Manna vom Himmel aufgenommen, denn tatsächlich hungerte ich seit langem nach Anerkennung. So stellte ich mir nicht einmal die Frage, ob ich zu dieser Aufgabe überhaupt fähig sein würde. Vielmehr hegte ich ein völlig überzogenes Vertrauen in meine eigene Intelligenz und hatte daher sämtliche Bedenken wegen meiner Unbeholfenheit, meiner sprachlichen Unsicherheiten oder wegen des ärmlichen Zustands meiner Kleidung fahren lassen. Während ich zum orthodoxen Weihnachtsfest nach Kiew zurückfuhr (vor De Felices Vorschlag hatte ich diese Rückkehr mit der Absicht geplant, danach nicht wieder nach Italien zu kommen, denn jede Reise war lang und kostspielig, so dass all dieses Hin und Her nicht lohnte), dachte ich die ganze Zeit über Inhalte und Vorgehensweisen meiner Lehrveranstaltung nach. Selbstverständlich würde ich über Tschechow sprechen, ihn in das Klima seiner Zeit einordnen, seine Beziehung zu Tolstoi samt der Auseinandersetzungen und der letztendlichen Distanzierung beschreiben, dann würde ich seine Erzählungen im Original und in Übersetzung lesen lassen und sie eine nach der anderen kommentieren: natürlich *Eine langweilige Geschichte*, dann *Mein Leben*, *Meine Frau*, *Erzählung eines Unbekannten*, *Die Dame mit dem Hündchen*, aber auch *Weiberwirtschaft*, *Rothschilds Geige* sowie jene Erzählung aus Tschechows frühester Jugend über eine junge Frau, die sich in einen Arzt verliebt, welcher sie jedoch erst am Ende bemerkt, als die Schwindsucht sie schon dahingerafft hat; es ist eine seiner ersten, ich weiß nicht einmal mehr den Titel; jedenfalls würde sie mir dazu dienen, die Anfänge eines großen Schriftstellers fassbar zu machen. Die Feiertage verbrachte ich in einem Zustand großer Aufregung: Ich musste zurück in die Bibliothek, um die Bücher herauszusuchen, die ich für die Vorbereitung meiner Unterrichtsstunden brauchte, und das ließ mich zugleich lebendig und ungeduldig werden. Diese Weihnachten holten Katja und ich meinen Mann nach Hause, und auch Wanja kam zu uns. Wir aßen *Wareniki* und selbstgemachte *Kutja*, aber unsere Wege hatten sich da bereits getrennt.

VI

In den Monaten, in denen ich den Lehrauftrag für Russische Sprache und Literatur, Kurs B, innehatte, glaubte ich, diese Erfahrung könnte mich für mein ganzes Leben der letzten Jahre entschädigen, und es überkam mich Rührung bei der Vorstellung, dass aus all den Einschränkungen und dem Leid, worin ich beinahe versunken wäre, eine derart fähige Frau hatte hervorgehen können. Jene Seiten über Anton Tschechow beispielsweise, auch wegen ihrer Würdigung durch den Professor („Was Sie schreiben, ist sehr gut“, hatte er gesagt, „ich habe die Artikel in *Znamja* gelesen und auch Ihre ersten Seiten über Tschechow... Das, was Sie schreiben, basiert zumindest auf ernsthafter Forschung, auf einer langen Dokumentationsarbeit... Es gibt hingegen viele, viel mehr als Sie vielleicht glauben, die meinen, man könne einfach improvisieren, und es genüge, wie soll ich es nennen... ein Gefühl....“), jene im Grunde armseligen Seiten erschienen mir also irgendwann nicht mehr nur als Zeichen meiner Intelligenz, sondern auch einer gewissen Zugehörigkeit zur intellektuellen Elite. Und paradoxerweise war es ausgerechnet der Schatten meines Mannes, aus dem ich diese Kraft schöpfte, seine Krankheit war der schwarze Hintergrund, aus dem mein Licht hervortrat. Die Autorin jenes Essays war eine erschöpfte Frau, die von der Betreuung eines schwerkranken Mannes zu der einer fremden Alten übergegangen war; zudem aß sie seit langem nicht mehr in ausreichender Menge und trug die abgelegten Kleider einer anderen Frau auf.

Aber natürlich zählen auch die Hintergründe, die Atmosphäre, das Klima. Als meine Lehrveranstaltung an der Universität bereits seit längerem begonnen hatte und ich nach der Unsicherheit der ersten Wochen – die zu dem feuchten Grau des äußerst kalten Winters passte, von dem ich schon berichtet habe – inzwischen das Interesse meiner Studenten einigermaßen auf meiner Seite wusste (sie hörten mir zu, erfassten auch den übergeordneten Wert meiner Aussagen, die Kommunikation war im Fluss), also ungefähr anderthalb Monate seit Beginn der Veranstaltung, wurden in der Stadt die ersten Anzeichen des nahenden Frühlings spürbar. In den Mittagsstunden trafen bereits wärmende Sonnenstrahlen auf den kleinen dreieckigen Platz gegenüber der Fakultät für Sprachen, was die Studenten genossen wie die Eidechsen, in kleinen Grüppchen eine Zigarette rauchend, und ich mitten unter ihnen. Ich saß auf einer hölzernen Bank, die mit Inschriften vollgekritzelt war, und wartete, dass mein Hörsaal frei wurde. Um mich her strahlte alles: blauer Himmel, leuchtend weiße Marmorfassaden, intensiv grüne Buchsbaumsträucher in großen Blumenkästen, ein so vielfarbiges Kommen und Gehen von Passanten und Studenten, dass es eine helle Freude war. Ich blieb nie lange alleine sitzen. Anfangs kamen die Studenten zu mir, um mich über die Texte zu befragen, die Prüfungen, die Stundenpläne; später dann einfach nur, um zu reden. Es waren vor allem Mädchen, lächelnd und voller Herzlichkeit. Aber einer der eifrigsten war ein junger Mann, Francesco, mit dem ich bis heute sporadischen Kontakt halte. Vor ungefähr drei Monaten hat er mir eine Sammlung seiner Gedichte geschickt, in der ich – gemeinsam mit seiner Verlobten Fabiola und einer anderen, mir völlig unbekannten Frau – als Adressatin der Widmung auftauche. „Für Fabiola, Emma und Nina, *obstinata mente*" steht da; den Grund dafür weiß ich nicht. Immerhin: Festzustellen, dass er mich nach so vielen Jahren noch nicht vergessen hat, war für mich eine große Freude, wie ich sie seit langem nicht mehr empfunden habe. So groß, dass ich am liebsten sofort Katja davon erzählen wollte. Ich holte das Telefon hervor, steckte es aber sogleich wieder zurück. Und darüber musste ich weinen beim

Lesen dieser Gedichte. Denn jedes von ihnen sprach auf irgendeine Weise von Katja. Ja, das muss einfach gesagt werden: Ein solcher Bruch ereignet sich nicht mit einem Schlag; der schwerwiegendste Vorfall ist nur der Auslöser, aber es ist offensichtlich, dass etwas schon lange unterschwellig in uns brodelte. Nur um ein Beispiel zu geben: An einem Tag, etliche Jahre vor meinem Aufenthalt in Italien, saß sie auf meinem Schoß. Wir waren auf dem Land. Ein Ausflug am Ufer des Dnjepr, mit ihrem Vater und den Großeltern. Sie war schon recht groß und berührte mit den Füßen bereits den Boden; sie war auch schwer und lastete mit ihrem Gewicht auf mir; davor war sie den ganzen Nachmittag zwischen meinem Schoß und der restlichen Umgebung hin- und hergerannt, so als ob die anderen, die Großeltern und ihr Vater, gar nicht existierten. Da legte sie mir plötzlich die Arme um den Hals und lachte nervös.

„Mama", sagte sie in klagendem Ton und machte ein künstlich finsteres Gesicht, „Mama, ich hasse dich", und dann drückte sie mir den Hals zu, als wollte sie mich ersticken. Ein paar Stunden zuvor, gleich nach dem Mittagessen, hatte sie plötzlich grundlos angefangen zu weinen; sie war am Fluss entlang vor mir davongerannt und hatte mir zugerufen: „Ich hasse dich", mit fliegenden Haaren über den Schultern, die langen, dünnen Beine in kurzen Hosen; sie hatte etwas von einem jungen Reh, ein naturverbundenes, empfindsames und zugleich ungestümes Wesen.

„Warum quälst du mich?", fragte ich sie da. „Warum bist du bloß so unruhig?" Ich wusste nicht, was ich noch sagen sollte; das Gewicht ihres Körpers auf mir machte mich traurig, müde und ärgerlich. „Was ist denn los mit dir? Was ist passiert? Geht es dir nicht gut hier bei uns? Schau doch mal, wie schön es hier ist." Denn es wuchsen dort Eichen mit wunderschönen Kronen auf einem steilen Abhang, und der Himmel im Hintergrund schien aus dichten, roten, fliehenden Wolkenschichten zu bestehen.

„Du bist schuld", sagte sie zu mir. „Du warst schon immer unruhig. Das habe ich von dir. Ich bin unruhig, weil du es bist."

Sie war zwölf Jahre alt, als sie das sagte. Ich weiß nicht, wie man mit zwölf Jahren schon derart klarsichtig und erbarmungslos sein kann. Ich habe keine Erfahrung mit anderen Kindern. Sie jedoch war damals schon so. Aber man muss doch dazusagen, dass sie in jener Woche zum ersten Mal ihr Menstruationsblut gesehen hatte.

„Du musst sofort kommen, Mama“, hatte sie mich aus dem Badezimmer gerufen, und schon bevor ich sie sah, hatte ich die Wucht dieses nicht rückgängig zu machenden Ereignisses begriffen. Danach hatte sie sich für zwei Tage in ihrem Zimmer eingeschlossen und nur mich hineingelassen. Jedes Mal, wenn ich zu ihr ging und mich an ihr Bett setzte, richtete sie sich auf und umarmte mich.

„Es wird furchtbar. Alles wird ganz furchtbar“, sagte sie immer wieder unter Tränen, während ich ihr versicherte, dass das etwas Schönes und ganz im Gegenteil alles gut sei. Ich drückte sie an mich und spürte ihren kleinen, schon festen Busen. Ich blickte auf eine Zeichnung von ihr, die an der Wand hing, eine Schaufensterpuppe, die davonläuft und sich die Ohren zuhält, verfolgt von Musiknoten, und ich sagte zu mir selbst, dass sie von ihren beiden Begabungen Kunst und Mathematik wahrscheinlich besser die zweite verfolgen sollte, um nicht zu tief in ihr Innerstes hineinzublicken, aber jetzt weiß ich nicht mehr so recht... sie ist eine so harte Frau geworden. So hart.

„Du bist so auf die Welt gekommen. Du warst schon so, als du erst drei Tage alt warst. Mit deiner Mutter hat das nichts zu tun“, hatte ihr Vater gesagt, der neben uns saß, dort bei den Eichen, im roten Licht der Sonne und ruhig wie ein See; aber ich wusste, dass er in seinem Innersten den Worten seiner Tochter zustimmte.

Die Dinge ändern jedoch ihr Gesicht, wenn man körperlich und seelisch fern von ihnen ist.

Oft kam auch De Felice zu mir hinaus auf den kleinen Platz, um eine Zigarette zu rauchen.

„Genießen Sie die Sonne, *signora*?", sagte er dann, setzte sich, schlug die Beine übereinander und rauchte. Auch er unterhielt sich gerne mit den Studenten. Er verfiel dann sofort in seinen ironischen und spöttischen Ton. „Ich will Ihr Blut fließen sehen. Wer nicht vorbereitet ist, soll lieber gar nicht erscheinen. Und wer vorbereitet ist, soll kommen und zittern", sagte er, nahm einen tiefen Zug und warf den Kopf in den Nacken. „...Und die *signora*, Ihre Dozentin hier neben mir, muss von mir lernen. Keine Spur von Erbarmen. Ich kenne diese Art Frauen; alles Glucken..." In der Tat war jede seiner Prüfungen ein Blutbad; es endete immer in Tränen, Klageandrohungen und Streit. Bei Nichtbestehen blieb er grundsätzlich unbeugsam. Wiederholungstermine ließ er nicht zu. Aber in diesen sonnigen Momenten lachten die Studentinnen. Fröhlich verteidigten sie ihre Rechte. Sie ließen sich von ihm Feuer geben. Dem Professor gefiel es, von jungen Mädchen umringt zu sein, das war offensichtlich. Er mochte es, wie sie alle vor seiner Bank um ihn herumstanden mit ihren zerrissenen Jeans, ihren engen Shirts, den prallen Brüsten und verführerischen Blicken; einige strotzten nur so vor Provokation. Er war in seinem Element.

„Es wird Sie nicht umbringen, es wird Ihnen absolut nichts geschehen, wenn Sie statt fünf Stunden pro Tag zehn Stunden am Stück lernen", sagte er theatralisch zu einer von ihnen.

„Ich lebe doch nicht nur für die Uni!"

„Wofür auch immer Sie leben, meine Prüfung geht vor. Ich will gut vorbereitete Studenten. Ich ziehe doch keinen Haufen Hühner auf." Er trug stets einen grauen Anzug und tadellose hellblaue Hemden. Leicht ausgestreckt saß er auf der Bank. Ich jedoch spürte, dass sein Interesse, seine Lebhaftigkeit, seine Lust an spitzen Bemerkungen vor allem an mich gerichtet waren: In diesem Augenblick war ich die einzige Frau, die ihn wegen ihres Alters und ihrer Rolle wirklich hätte verstehen können.

Nach einiger Zeit hatte er darauf bestanden, dass ich sein Büro mit ihm teilte, und hatte einen Schreibtisch neben dem seinen aufstellen lassen. „Damit Sie rauskommen aus dieser Abstellkammer." Sein Zimmer war nur schwach beleuchtet, die Fensterläden stets geschlossen, Tageslicht drang nur mit Mühe und Not herein, und die einzige Tischlampe brannte immer, aber alles in allem war es gemütlich; es roch nach Rauch und Leder. Wie dieser Geruch, so durchdrang auch die Persönlichkeit des Professors den gesamten Raum: unruhig, kompliziert, verführerisch. Hinaus in die Bibliothek zu gehen oder meine Veranstaltungen zu halten, war eine Erleichterung für mich. Vor allem im Hörsaal fühlte ich mich so wohl, wie ich es mir nie hätte träumen lassen. Ich setzte mich immer bequem hin und schlug mein Notizheft auf.

„Wo waren wir stehengeblieben? Ja, genau, am Ende der achtziger Jahre, machen wir dort weiter. Hier kommt es zu einem fundamentalen Wendepunkt, das ist der Moment, in dem Tschechows Erzählweise zu ihrer Reife gelangt und in einigen seiner Erzählungen jene originelle Charakteristik aufscheint, die ihm eigen ist: das Erzählen ohne Handlung..." In Wirklichkeit brauchte ich gar keinen roten Faden. Das Sprechen fiel mir nicht schwer. Obgleich diese zwei Stunden meine Fähigkeiten und meine Kraft jedes Mal vollständig in Anspruch nahmen, hatte ich mich zuvor derart intensiv mit dem Thema beschäftigt, dass es mir beinahe automatisch gelang, das Vorbereitete in Worte zu fassen. „Kein anderer war in der Lage, sich diese Erzählweise anzueignen, es gibt nur ungeschickte Nachahmungsversuche. Betrachten wir nun die Struktur der langen Erzählung *Drei Jahre*, oder vielmehr: Folgen wir der Auflösung ihrer Struktur, denn dieses Werk wird nach und nach immer unvorhersehbarer, genau wie das Leben selbst innerhalb einer gewissen Zeitspanne, eben den drei Jahren... Wie ist es, Crispiani, haben Sie sich heute Nacht auf Ihren Lorbeeren ausgeruht? Wirklich ein schöner Beitrag von Ihnen gestern... wirklich..." (Alberto Crispiani war ein intelligenter, pedantischer junger Mann, der immer in der ersten Reihe saß; höflich und zugleich polemisch, war er zu äußerst scharfsinnigen

Beobachtungen fähig.) „Ich muss gestehen, dass ich mich bei der Vorbereitung der Veranstaltung jedes Mal frage: ‚Wie wird Crispiani diese These wieder auseinandernehmen?'" Die Studenten lachten; der junge Mann setzte sich etwas seitlich auf seinen Stuhl, strich sich durch den Bart und lächelte. Es fiel mir leicht zu scherzen und Meinungen und Gefühle einzuflechten, weil ich mir bei allem sicher war, was ich sagte und noch sagen würde; ich folgte einer klaren und strengen Linie. Heute hingegen, bei meinen kurzen, einfachen Unterrichtseinheiten am hiesigen Institut für Russische Sprache und Kultur, weiß ich nie so genau im Voraus, was ich sagen werde; ich verlasse mich auf alte Reminiszenzen, die mich, um die Wahrheit zu sagen, manchmal auch im Stich lassen; vor einiger Zeit musste ich erhebliche Verrenkungen machen, um mich an eine Episode aus der Sowjetzeit zu erinnern, ich fing an, meine Notizen durchzublättern, mein Gesicht wurde puterrot, und schließlich rettete ich mich, indem ich das Thema wechselte und mich auf ein anderes Ereignis aus derselben Zeit bezog; die kleine Seminargruppe aus Italienern und Kanadiern verzog aber keine Miene. Damals jedoch gab es keine Unsicherheiten. „In *Drei Jahre* steht das Geschehen für sich selbst und nicht im Dienste der Handlung; alles ist ganz natürlich; so als erzählte das Leben sich selbst..."

Je mehr mein Unterricht an Sicherheit, Ironie und Wärme gewann, desto ausgelaugter, ausgepresster, kümmerlicher wirkte dabei das Werk Anton Tschechows. Den Studenten gefiel es, meine Worte waren überladen mit grundlegenden Werten und technischen Anmerkungen, die darauf zielten, den unterschiedlichsten Interpretationen Raum zu geben, aber sie trafen nicht ins Schwarze, würden es auch niemals tun. Es handelte sich in der Tat um einen sekundären Diskurs, der naturgemäß auf einer parallelen Spur verlaufen musste. Natürlich wäre es am besten gewesen, die Erzählungen zu lesen und zu schweigen, so wie es bei mir selbst geschehen war, die ich Tschechow in den stillsten Stunden meines Lebens gelesen hatte. Lesen und übersetzen:

„Es war noch dunkel, aber hier und da brannte in den Häusern schon Licht, und am Ende der Straße, hinter der Kaserne, ging bleich der Mond auf. Laptew saß am Tor auf einer Bank und wartete auf das Ende der Abendmesse in der Peter-und-Pauls-Kirche." Und dann mit ihnen weiterlesen: *„Das Leben verlief tagaus, tagein im üblichen Trott und versprach nichts Besonderes. Die Theatersaison war zu Ende, und die warmen Tage brachen an..."* nur ein kurzer Hinweis auf den Rhythmus dieses изо дня в день, iso dnja w djen', *„tagaus, tagein"*; und dann schweigen. Ja. Das wäre die beste Art gewesen, sie an *Drei Jahre* heranzuführen, aber ich machte mir trotzdem nicht allzu viele Sorgen. Ich schöpfte aus vollen Händen die Zeichen von Interesse und Wertschätzung, die sie mir zuteilwerden ließen.

„Sie verwöhnen mir die Studenten zu sehr", hatte De Felice eines Tages zu mir gesagt, als er mir am Ausgang des Hörsaals über den Weg lief. Ich balancierte zusammen mit den Büchern mühsam einen Topf Kamelien auf dem Arm, der die Hälfte meines Gesichts verdeckte: ein Geschenk meiner Studenten zum Frühlingsanfang.

„Sie sind es, die mich verwöhnen", hatte ich geantwortet und mich sehr geschmeichelt gefühlt.

Es gab manche Abende, an denen die Vertrautheit des Raumes, den ich mit De Felice teilte, quälend wurde. Im Institut waren um diese Uhrzeit nur noch wir beide, Esther und ein paar wenige andere. Ich selbst hatte im Übrigen bis zur Ladenschlusszeit ohnehin keinen anderen Ort, wohin ich hätte gehen können. Ich hätte entlang der Stadtmauer spazieren können, aber ich musste ja jedes Mal den Unterricht für den folgenden Tag vorbereiten. An Schönwettertagen drangen die warmen Strahlen des Sonnenuntergangs in den Raum und die abendlichen Stimmen der wohlhabenden Leute, die im Stadtzentrum unterwegs waren. Wenn ich alleine war und in dem äußerst bequemen gepolsterten Ledersessel saß, erlebte ich Augenblicke eines unbestimmten Wohlbefindens und wäre um nichts in der Welt in den Nebenraum des Ladens zurückgekehrt... Wäre es möglich gewesen, hätte ich auch dort geschlafen, mich einfach gemütlich auf dem Boden ausgestreckt. In der Tat kam es nämlich vor, dass De Felice sich um diese Zeit in den Büros noch anwesender Kollegen aufhielt. Er liebte es, sich zu unterhalten, das gehörte zu seinem Menschsein. Aber natürlich war sein einziger Diskussionsgegenstand die Universität. Auch wenn er einmal keine heftigen Forderungen zu stellen hatte, war seine Haltung normalerweise trotzdem streng, entschieden und unnachgiebig.

„Der Dekan wünscht, dass wir die Entlassung des Geschäftsführers zur Kenntnis nehmen, die er verfügt hat. Und das ist unannehmbar. Wir haben ihn gewählt. Uns war er recht (oder vielmehr, euch war er recht; für mich ist dieser Mann aus Gummi). Und trotzdem dürfen wir nicht über seine Entlassung diskutieren. Wir müssen sie zur Kenntnis nehmen. Das ist Diktatur."

„Also, lieber Kollege, dann hör mir mal gut zu. Was bedeutet das, zur Kenntnis nehmen? Dass die Sache nicht zu diskutieren ist. Und wenn so eine Entscheidung nicht vom Rat diskutiert wird, bedeutet dies, dass der Rat faktisch keine Entscheidungsbefugnis mehr hat... Du bist auch daran schuld, mein Lieber, du hast ihn gewählt. Du wolltest einen zusätzlichen Mitarbeiter? Er hat deinen Wunsch erfüllt. Aber nun darfst du dich auch unter seine *clientes* einreihen..."

„Nein, hör mal, zur Kenntnis nehmen heißt, dass die Entscheidung bereits von oben getroffen wurde..." Es gefiel ihm, die erbärmliche, korrupte, undurchsichtige Seite der Machtspiele auszuloten, die sich bei der Besetzung wichtiger akademischer Posten, der Anstellung neuer Dozenten und Mitarbeiter sowie bei der Beschaffung finanzieller Mittel im Hintergrund vollzogen...

Aber früher oder später ging er dann zu Esther und ließ sich auf den Stuhl vor ihrem Tisch fallen. Wenn ich die beiden im Vorbeigehen sah, sie mit ihrer unschuldigen, diskret erotischen Ausstrahlung und er erschöpft und anbiedernd, war es, als ertappte ich sie auf frischer Tat, als behielte er ihr etwas vor, was inzwischen mir gehörte.

VII

Zwischen De Felice und mir gab es vor dem Tod meines Mannes jedoch nur eine einzige Episode echter Vertraulichkeit. Das war an einem Abend im April. Also im dritten Monat meines Lehrauftrags. Ich hatte am Nachmittag eine Nachholsitzung gehalten: über *Mein Leben*. Ich war sehr zufrieden, und offensichtlich galt das auch für meine Studenten, denn eine junge Frau folgte mir bis zur Tür unseres Büros, sie war hübsch und blass – in ihren äußerst hellen, weit offenen Augen hatte ich schon verschiedene Male Leidenschaft, den beharrlichen Willen zu verstehen und Bewunderung wahrgenommen.

„Ich kann die schönen Dinge in meinem Leben mit dieser Hand umfassen", sagte sie und schloss dabei vor meinen Augen ihre Hand zur Faust, „und eines davon ist Ihr Kurs. Eben deshalb bin ich Ihnen gefolgt, um Ihnen zu danken..." Sie hatte eine etwas zu große Hakennase, aber ihre Augen waren wegen ihrer außergewöhnlichen Helligkeit wirklich faszinierend. „Außerdem wollte ich Sie fragen", fuhr sie fort, „ob es möglich wäre, dass Sie meine Abschlussarbeit betreuen, ich würde gerne etwas über Tschechow schreiben, vielleicht über seine Aufzeichnungen von der Insel Sachalin, über die Hypothese einer nicht geschriebenen Erzählung, mich interessiert Tschechows Menschlichkeit... seine Besorgnis über das menschliche Leid..."

„Warum gibt es denn nur so wenige schöne Dinge in Ihrem Leben?", fragte ich sie, aber die Tatsache, dass De Felice uns hören konnte, hielt mich davon ab, weiter zu fragen und Interesse für das Privatleben des Mädchens zu zeigen – ich konnte mir ohne weiteres ausmalen, dass ihm diese Art von Gespräch keineswegs behagte. „Wie dem auch sei, was Ihre Arbeit betrifft, weiß ich nicht, was ich Ihnen antworten könnte: Ich würde sie sehr gerne betreuen, auch ich interessiere mich für den Tschechow von Sachalin, und zwar genau deshalb, weil aus all diesen Notizen am Ende keine wichtige Erzählung entstanden ist...", setzte ich also gleich hinzu, „aber ich habe nur einen Kurzzeitvertrag und kann nicht mehr sehr lange in Italien bleiben..." De Felice saß angelehnt in seinem Sessel, nur in dem Licht, das durch die geschlossenen Fensterläden drang; die Lampe auf seinem Tisch brannte merkwürdigerweise nicht.

„Wenn Sie eine Abschlussarbeit übernehmen, müssen Sie sich eben verpflichten, länger zu bleiben", sagte er kurz und bündig. Dann wandte er sich an die Studentin: „Suchen Sie sich ein Thema bei der *professoressa*, und falls es später Probleme gibt, können Sie Ihre Arbeit auch bei mir verteidigen", sagte er schroff zu ihr, „... ich bitte Sie lediglich, in meiner Anwesenheit gewisse Äußerungen freundlicherweise zu unterlassen... Ich finde sehr dumm, was Sie gesagt haben. Sie sind zwanzig Jahre alt und behaupten, die schönen Dinge Ihres Lebens mit einer Hand umschließen zu können. Das ist Unsinn. Lassen Sie das bitte. Sie wollen doch nicht, dass man Sie für undankbar hält. Schon allein Ihr gesunder Körper ist mehr als alles, was Ihre Hand zu greifen vermag... Und dann überwinden Sie bitte gewisse Formen des Fanatismus. In ein paar Jahren werden Sie Ihren Überschwang bereuen, ihn als kindisch erachten; auch die Vorträge dieser so fähigen *professoressa* werden Ihnen bedeutungslos und müßig vorkommen angesichts einiger Dinge, die Ihnen zustoßen werden: eine Frau zu werden, schwanger zu sein, Kinder in die Welt zu setzen..." Die junge Frau sah ihn aufmerksam an, zugleich entschlossen und verärgert.

„Also, kann die *professoressa* nun meine Arbeit betreuen?", fragte sie hartnäckig.

„Ja", antwortete er und nickte, „aber kommen Sie an einem anderen Tag wieder, wenn Sie mit ihr darüber sprechen wollen."

„Ihnen geht es nicht gut, oder?“, fragte ich ihn, als die Studentin gegangen war. Tatsächlich war er blass und hatte glänzende Augen.

„Ich habe Fieber“, gab er zur Antwort, „ich habe nämlich auf Sie gewartet, weil ich Sie bitten wollte, mich nach Hause zu bringen. Ich hatte gerade einen Schwindelanfall und möchte lieber nicht selbst ans Steuer. Ob Sie wohl mein Auto fahren könnten?“

„Brauchen Sie vielleicht einen Arzt?“, fragte ich ihn.

„Ich weiß schon, was ich brauche. Zu Hause habe ich alles Nötige. Es genügt, wenn Sie mich vor der Tür absetzen, danach können Sie mit dem Bus zurückfahren.“

Damit erhob er sich mühsam, nahm seine Aktentasche, und wir verließen das Büro. Die Treppen hinunter und bis zum Auto bewegte er sich müde, angestrengt und kurzatmig wie ein alter Mann. Ich ging so dicht wie möglich neben ihm her, um ihn, falls nötig, stützen zu können. Im Auto lehnte er den Kopf zurück und schloss halb die Augen. Die knochigen weißen Hände, die in seinem Schoß ruhten, waren leichenblass; es schien, als wären seine Hosenbeine leer. Der ganze Körper, seiner sonstigen hysterischen Energie beraubt, sprach von Krankheit und Auszehrung.

„Also“, setzte er dennoch, kaum waren wir losgefahren, mit fast unhörbarer Stimme das Gespräch fort, „laut Vertrag haben Sie das Recht und auch die Pflicht, Abschlussarbeiten zu betreuen. Das Problem, wie ich Ihnen schon sagte, ist die Dauer Ihres Aufenthaltes in Italien, denn die Studentin muss auch noch andere Veranstaltungen und Prüfungen zu Ende bringen, weshalb ihre Arbeit auch ein Jahr oder zwei dauern könnte. Ich weiß allerdings nicht, wie lange Sie hier bleiben können, und habe im Übrigen auch nicht die Möglichkeit, Ihnen eine Vertragsverlängerung zuzusichern… Aber da die Studentin nun mal ein so großes Interesse daran hat, setzen Sie das Projekt ruhig mit ihr gemeinsam auf. Sachalin, oder was auch immer sie will. Auch Sachalin, wenn sie sich für Sachalin interessiert. Aber es muss natürlich eine wissenschaftliche Arbeit sein. Und sollte es nötig sein, auch wenn dies die Studentin sicher sehr enttäuschen dürfte, werde ich dann irgendwann übernehmen."

„Ich werde tun, was Sie sagen", sagte ich zu ihm, „aber jetzt sind Sie krank, und es scheint mir nicht angebracht, Sie alleine zu lassen. Ich würde mich lieber um Sie kümmern, heute Abend und eventuell auch in der Nacht, wenn Sie erlauben. Ich könnte bei der Inhaberin des Ladens anrufen. Wichtig ist nur, dass ich morgen in aller Frühe dort bin, denn ich muss den Boden wischen und die Kühltheke putzen..."

„Die Kühltheke putzen", wiederholte De Felice mit einem halben Lächeln.

„Ich mag Sie nicht alleine lassen, lieber würde ich bei Ihnen bleiben...", sagte ich. Wir waren mittlerweile in der Via IV Novembre angelangt, in der sich seine Wohnung befand: eine Dachwohnung in einem noblen Haus aus dem späten neunzehnten Jahrhundert, in einem der historischen Stadtviertel (ich war schon mehrfach bei meinen ziellosen abendlichen Obdachlosenspaziergängen dort vorbeigekommen, hatte den Hals gereckt, um nachzusehen, ob das Licht in seinem Fenster brannte, und wäre gerne zu ihm hochgegangen).

„Wissen Sie denn nicht, wie viele Fräuleins zu mir hochkommen? Hat man Ihnen das nicht erzählt? Hat man Ihnen nicht gesagt, dass ich ein notorischer Schürzenjäger bin, und dass man sich des Nachts besser von mir fernhält?", fragte er mit müder Ironie. „Stellen Sie das Auto ruhig hier vorne ab", fügte er hinzu und hob kaum merklich die Hand, um mir einen Parkplatz anzuzeigen.

„Ich weiß gar nichts, und ich finde es auch nicht wichtig", antwortete ich, während ich einparkte; dann hielt ich und sah ihn an. Er war aschfahl, im Profil wirkte seine Haut dick und gealtert. „Auf jeden Fall sind Sie jetzt krank und sollten nicht alleine bleiben."

„Das geht Sie nichts an. Sie haben mich nach Hause gebracht und damit Ihre Aufgabe erfüllt. Halten Sie sich fern von dieser

Dachwohnung", sagte er, als er ausstieg. Also stieg auch ich aus, schloss das Auto ab und gab ihm den Schlüssel zurück – die Straße war gerade wie leergefegt, und es war ein sehr schöner Abend, warm und hell, mit einem leichten Wind.

„Morgen werde ich aller Wahrscheinlichkeit nach nicht ins Institut kommen. Ich bitte Sie, benachrichtigen Sie die Studenten und erklären Sie ihnen meine Abwesenheit", sagte er.

„Aber wissen Sie, was ich morgen früh denken werde?", setzte er unerwartet hinzu und blickte mich ironisch an. „Wissen Sie, liebe *signora*, was ich voller Bedauern denken werde? Genau das, was ich jeden Sonntag denke. Ein Tag ohne Nina, das werde ich in Gedanken zu mir selbst sagen."

Nach dem Abendessen kam ich wieder. Er öffnete mir die Tür und legte sich wieder hin. Er war noch angezogen und hatte nichts gegessen. Trotz seines Zustands der Erschöpfung schien er erfreut, mich zu sehen, er hatte mich mit einem Lächeln empfangen – und trotzdem blieb er unverwundbar; er hätte in diesem Augenblick nicht die Kraft besessen, auch nur ein Buch hochzuheben. Und doch, auch so im Liegen, fiebernd, seiner formellen Überheblichkeit, seiner Eleganz und der Würde, die er im Institut besaß, fast vollständig beraubt, schwitzte er Stolz aus jeder Pore. Er bat mich, ihm einen Tee zu machen, nur einen Tee, und ihm einen sauberen Pyjama aus dem Schrank zu holen. Ich nahm aus einem großen Schrank einen Pyjama aus hellblauer Baumwolle, der perfekt gebügelt war (der Schrank war durchtränkt vom Geruch nach Mottenkugeln, und alles war sehr sauber und ordentlich). Als ich mit dem Tee wiederkam, hatte er sich umgezogen und lag ausgestreckt auf dem Bett, mit einer Hand seine Haare ordnend.

„Liebe *signora*, die Tatsache, dass Sie hier bei mir sind, verschlimmert meine Lage", sagte er, „ich schätze es nicht, mich einer Frau in derart erbärmlichem Zustand zu zeigen."

„Dann betrachten Sie mich doch für einen Abend lang als Ihre *badante*. Das ist schließlich mein Beruf."

„Also ist mein Zustand der eines Alten, der nicht mehr alleine zurechtkommt...“, sagte er mit geschlossenen Augen. „Wie heißt sie doch gleich, Ihre Alte?“

„Mariangela, sie hieß Mariangela.“

„Ist sie denn schon gestorben?“ Ich musste lachen. Das gefiel ihm – auch mein Mann mochte es, mich zum Lachen zu bringen. „Was lachst du?“, sagte er dann immer. „Habe ich dich zum Lachen gebracht?“ Dieses wohltuende, aber so seltene Lachen löste große Dankbarkeit in ihm aus... Ich weiß nicht. Sollte je irgendeine Art von Glück unser Leben in der Anna-Achmatowa-Straße berührt haben, müsste ich vielleicht mit diesem Lachen beginnen, um es in Worte zu fassen. Ein bruchstückhaftes, heftiges, sozusagen geschwätziges Glück, eine Art Fröhlichkeit. Ja, diese Fröhlichkeit verdankte ich zum größten Teil meinem Mann, und umgekehrt war die meine stets für ihn bestimmt. Solche Augenblicke haben wir einander geschenkt; und wenn man bedenkt, wie die Sache schließlich ausging, handelt es sich um eine wirklich außergewöhnliche Gabe, der Ehe im höchsten Sinne würdig.

„Nein, es ist nur so, dass ich nicht mehr bei ihr arbeite“, gab ich De Felice zur Antwort.

„Ach ja, stimmt, der Laden, die Kühltheke, die Schneidemaschine, die Messer... also muss ich mich als Ihre Mariangela betrachten“, sagte er lächelnd. „Setzen Sie sich zu mir.“ So schob ich einen Sessel an sein Bett. Er trank seinen Tee und nickte dann ein; eine Weile lag er mit geschlossenen Augen da, aber ich konnte nicht erkennen, ob er tatsächlich schlief; jedenfalls war er ganz ausgestreckt, sein scharfes Profil zeigte zur Decke. „Also... ich würde sagen, Sie können gehen“, sagte er dann und öffnete die Augen wieder, „das Paracetamol beginnt zu wirken. Ich danke Ihnen sehr, *signora*.“

„Wenn es Ihnen nichts ausmacht, würde ich lieber noch bleiben. Ich gehe dann später. Machen Sie sich keine Sorgen. Schlafen Sie...“

„Es macht mir nichts aus. Ich werde von Engeln träumen,

wenn ich hier bei Ihnen einschlafe....", und wieder fielen ihm die Augen zu. „Ich hätte auch meine Frau anrufen können. Bei solchen Situationen ist sie immer bereit zu kommen, sie hat eine Berufung zur Rot-Kreuz-Schwester, ein bisschen wie Sie...", sagte er, „...aber sie ist gerade in London bei meinem Sohn. Sie leistet ihm Gesellschaft. Dem kleinen Dreißigjährigen... Bis eines Tages – und ich wünsche mir für meinen Sohn, dass das bald sein möge – eine jüngere Frau auftaucht und er sie wegschicken wird."

„Ich wusste nicht, dass Sie verheiratet sind", sagte ich.

„Getrennt. Seit zwanzig Jahren... Aber wenn ich krank bin, dann kommt sie, da ist sie sehr zuverlässig. Um drei Dinge macht sie sich Sorgen, um die Ordnung in meiner Wohnung, um die Eleganz meiner Kleidung und um meine Gesundheit. Vor allem um meine Gesundheit. Ihr Frauen seid so, ihr glaubt einen sechsten Sinn für den Tod zu haben, und macht euch Sorgen wegen nichts. Aber in Wirklichkeit, wenn ihr genau darüber nachdenkt, ist es das Schuldgefühl, das euch so sensibel macht, meine verehrten Damen. Denn wenn der Mann dann stirbt, ohne euch, einsam wie ein Hund, dann ist klar, dass ihr euch vor einer großen Verantwortung gedrückt habt, die das Leben euch übertragen hat... Die Kinder müsst ihr irgendwann freilassen, ihr müsst sie sogar mit Fußtritten davonjagen, wenn sie sich nicht von euch trennen wollen... und so habt ihr am Ende nur noch euren armen Mann, um den ihr euch ganz ausschließlich kümmern könnt." In dieser Nacht stand, mehr noch als die Bedeutung der Worte des Professors, die für mich eine Warnung hätten sein können, das Gefühl im Vordergrund, dass diese Frau, die ich mir von schlichter Eleganz und Schönheit vorstellte, die Liebe seines Lebens sei. Als er eingeschlafen war, blieb ich noch lange, betrachtete aufmerksam das halbdunkle Zimmer und suchte nach Zeichen seiner Angewohnheiten; aber es war alles ganz ordentlich, keine Zigarettenstummel im Aschenbecher, keine achtlos hingeworfenen Bücher oder Kleidungsstücke. Die Anwesenheit dieser Frau war überall spürbar, sie war es, die der Haushaltshilfe Anweisungen gab, den Schrank kontrollierte und auf die Kommode zwei schlanke silberne Vasen gestellt hatte; ich stellte mir den etwas üppig gewordenen Körper einer gut gekleideten Fünfzigjährigen vor, die sich wie eine Herrin mit einer natürlichen und harmonischen Veranlagung zur Haushaltsführung durch dieses Zimmer bewegte, und De Felice, wie er auf dem Bett saß und ihr zusah, die Hände im Schoß... Jetzt aber saß diese andere Frau neben ihm, dünn, farblos, eine Fremde, mehr schlecht als recht gekleidet, bar jeder wie auch immer gearteten Überlegenheit in Haushaltsdingen, und noch einsamer als er. Sie war es, die ihm an Feiertagen fehlte. Ein kleines Flämmchen, verglichen mit dem Licht seines Lebens. Ich berührte seine warme und verschwitzte Schläfe und streichelte sie. Die Müdigkeit hatte mich schwach werden lassen, ich war erschöpft von dem Gefühl des Eingeschlossenseins, der Intimität, der Todesnähe. Lange betrachtete ich sein leichenblasses Gesicht und wünschte mir aus tiefstem Herzen, mich an ihn schmiegen zu können. Am Abend des darauffolgenden Tages kam ich wieder und fand ihn im Sessel sitzend. Die Haushaltshilfe war noch da und würde auch bleiben, er brauchte nichts und dankte mir für meine Fürsorge am Abend zuvor. Und als ich am nächsten Morgen ins Institut kam, war er bereits in seinem Büro, noch blass, aber schon wieder hektisch bei der Arbeit.

„Wissen Sie denn nicht, dass es die Seele und nur die Seele ist, die hinter meinen Krankheiten steckt?“, sagte er zugleich ernst und spöttisch zu mir. „Es ist die Seele, die nicht aufgeben will. Das ist alles. Es ist das letzte Aufbäumen einer Seele, die am Ende ist.“

„Aber es geht Ihnen doch besser?“, fragte ich.

„Nina“, sagte er, „obwohl Sie sich schon so lange damit beschäftigen, haben Sie noch nichts vom Fatalismus der russischen Literatur gelernt. Sie machen sich zu viele Sorgen.“

VIII

Als mein Mann starb – das war in einer anderen Nacht, im Mai – war ich noch in Italien. Die Hausbesitzerin rief mich aus dem Treppenhaus. Es war die reife, tiefe Stimme Wanjas, die mir die Nachricht übermittelte. Katja, so sagte er, sei gerade damit beschäftigt, den Leichnam anzuziehen.

„Wanja", schrie ich ins Telefon, „werdet ihr mir verzeihen? Ihr alle, werdet ihr mir verzeihen können?"

„Beruhigen Sie sich, Nina", antwortete er. „Versuchen Sie zu schlafen heute Nacht, und morgen teilen Sie mir mit, ob Sie reisen können und um wieviel Uhr ich Sie am Flughafen abholen soll."

Die Vorstellung von Katja, wie sie den Körper ihres Vaters ankleidete, ihre ruhigen Hände auf dessen erschlaffter, schamlos nackter Haut (dabei gehört die Aufgabe, einen toten Elternteil anzuziehen, nun einmal zu den Dingen, die sich früher oder später im Leben ereignen), verfolgte mich die ganze Nacht. Katja hatte mich ein paar Tage zuvor im Institut angerufen.

„Papa geht es schlechter", hatte sie gesagt, „er hatte eine Krise... Es bleibt nicht mehr viel Zeit, Mama, vielleicht wäre es gut, wenn du kämst."

„Was heißt das, es geht ihm schlechter?", fragte ich sehr beunruhigt (De Felice war gerade nicht im Büro). „Was heißt das? Was meinst du damit? So eine lange Krankheit kann doch nicht einfach so ganz plötzlich zu Ende gehen..."

„Ich meine, dass es gut wäre, wenn du kämst", beharrte sie.

„Aber Katja... was sagen denn die Ärzte? Erklär es mir bitte ganz genau... es kann nicht einfach so zu Ende gehen, Katja, wir haben so lange gelitten... eine so lange Krankheit."

„Mach, wie du denkst, Mama", gab sie zur Antwort. Ich rief sofort bei Wanja an. Damals hatte er schon eine kleine eigene Praxis, in der er illegal Kranke behandelte und kleine Beträge dafür kassierte.

„Wanja, du bist ein Mann", sagte ich, „du kannst mich verstehen; ich bin hier Verpflichtungen eingegangen; ich habe Verantwortung... sag du mir, wie es ihm geht, ich möchte sichergehen, dass Katja nicht ohne echten Grund derart alarmiert ist. Sie ist noch sehr jung, das alles hat sie zermürbt... Du bist Arzt, Wanja, findest auch du, dass ich kommen soll?"

„Ich komme gerade aus dem Hospiz. Er hatte eine Atemkrise, aber jetzt geht es ihm wieder besser", sagte er ruhig und in sachlich klingendem Ton. „Er ist ein gebrochener Mann, aber das war er auch schon, als Sie weggegangen sind. Ich weiß nicht, was ich Ihnen sonst noch sagen könnte. Es ist nicht leicht vorherzusehen, wie sich die Dinge entwickeln werden. Ich werde versuchen, Sie auf dem Laufenden zu halten, soweit es mir möglich ist..."

Und jetzt, was habe ich jetzt zu meiner Rechtfertigung vorzubringen? Katja war immer ein Mädchen, das einem nur widerwillig Vertrauen schenkte, dabei war es doch wie bei jedem Kind gerade Vertrauen, worauf sie sich in ihrer Entwicklung stützte, um eine Orientierung für ihr Leben zu erhalten. Es gab für sie doch gar keine andere Möglichkeit, ins Erwachsenenleben hineinzufinden. Was konnte sie schon davon wissen? Jetzt weiß sie es, sie weiß viel, sie weiß alles, sie ist „Wissenschaftlerin", überdies eine Frau, die beabsichtigt, Karriere zu machen; aber ich stelle mir vor, dass sie sich fühlt wie ein Haus ohne Erdgeschoss und Fundament, klar abgetrennt von seiner Basis, ein stabil und robust gebautes Haus, das aber in der Luft schwebt. So wie damals, als sie ihre erste Menstruation bekommen hatte: Sie wollte un-be-dingt und um jeden Preis von ihrer Mutter beruhigt werden. Ein Schwert war ihr durch den Unterleib gefahren, und jemand musste ihr versichern, dass das nichts Schlimmes, sondern vielmehr etwas Gutes war. Sie war noch ein Kind, als das geschah. Sie hatte noch ein Engelsgesicht mit runden Backen. Und sie fürchtete, ab jetzt nicht mehr größer zu werden. „Ich habe gehört, dass man dann nicht mehr weiterwächst." Da hatte ich sie am Türstock gemessen. Ich hatte den Bleistift etwas schräg gehalten, damit der Strich im oberen Perzentil landete. Ich wusste nicht, was ich mir sonst hätte ausdenken sollen. „Du wirst schon noch wachsen", sagte ich immer wieder zu ihr, und tatsächlich ist sie ja gewachsen. Mein Gott, was kann ich zu meiner Rechtfertigung anführen? Warum habe ich das getan? Auf Ehre und Gewissen, Katja: Ich weiß es nicht.

Ich hatte De Felice von dem Anruf berichtet und ihm mitgeteilt, dass ich aller Wahrscheinlichkeit nach so bald wie möglich nach Kiew würde zurückkehren müssen. Draußen hatte es angefangen wie aus Kübeln zu gießen, das Zimmer war dunkel und roch nach Regen.

„Wie lange, glauben Sie, werden Sie bleiben?", fragte er mich, während er sich an seinem Tisch zurechtsetzte, ohne mich anzusehen.

„Das kann ich nicht sagen, er liegt noch nicht im Sterben, aber jegliche Krise könnte tödlich sein", antwortete ich. „Ich habe mich schon gefragt, ob es möglich wäre, die ausgefallenen Stunden im Juni nachzuholen." Aber im Juni begannen bereits die Anmeldungen für die Prüfungen; die einzige Möglichkeit für Nachholtermine bot sich an den Nachmittagen der letzten Maiwoche: zwei, drei Sitzungen, nicht mehr.

„Aber gut, wenn höhere Gewalt vorliegt, wie in diesem Fall..." Ich für meinen Teil hatte jedoch beschlossen, wenigstens die laufende und die darauffolgende Woche noch zu Ende zu bringen; aller Wahrscheinlichkeit nach würde es sich noch hinziehen, es hatte ja bereits andere Krisen gegeben, die, soweit ich verstanden hatte, schlimmer gewesen waren als diese – der wahre Grund aber, warum ich bleiben wollte, war eine Leidenschaft, die ich mit aller Kraft auch vor mir selbst zu verbergen suchte; jetzt zu gehen, hätte bedeuten können, nie mehr zurückzukommen.

Ich würde also am Samstag fahren, zwölf Tage später. Mein Mann jedoch starb nach drei Tagen, in der Nacht zum Donnerstag.

IX

An einem warmen, duftenden Abend kam ich aus der Ukraine zurück. An der Stadtmauer stieg ich aus dem Bus – die Akazien ragten bis über die Straße, und ihre weißen Blüten, die der Wind kaum bewegte, glänzten im Licht der Straßenlaternen. Ich ging zu Fuß hinauf zum Stadtzentrum und zog meinen Koffer hinter mir her. Die Straßen waren gelb beleuchtet und wegen der späten Stunde bereits ausgestorben, die Leute genossen ihren Feierabend in den eigenen vier Wänden. In mir aber, vor meinem geistigen Auge, drehten sich verständlicherweise Bilder und Szenen von unvergleichlicher Trostlosigkeit, weshalb ich nicht beabsichtigte, in den Nebenraum des Ladens zurückzukehren. Zu sehr glich dieser Ort der Umgebung, die ich gerade verlassen hatte, und ich konnte nicht noch mehr Einsamkeit ertragen. Katja und ich hatten uns nur getroffen, um die anstehenden Verrichtungen zu erledigen, und dann wieder bei der Beerdigung. Wir hatten weder die Nächte zusammen verbracht, noch miteinander gegessen. Sie lebte, so hatte ich es zumindest schon seit einer Weile verstanden, mit Wanja zusammen, sie verbrachten ihre Tage und Nächte gemeinsam in einer alten Wohnung, die Wanja gemietet hatte. Mir gegenüber hegte sie einen stummen, kalten Zorn, und erst als ich vor meiner Abreise zu ihr gegangen war, um mich zu verabschieden, und sie unter Tränen gebeten hatte, mir zu sagen, was sie von mir dachte, hatte sie mir Distanz vorgeworfen, „nicht nur physisch… sondern auch in Gedanken, mit dem Herzen."

„Sie braucht Zeit", hatte Wanja gesagt, als er mich zum Flughafen brachte.

„Aber hast du ihr denn nicht von unserem Telefonat erzählt, Wanja?", fragte ich ihn. „Hast du ihr nicht gesagt, dass du mich gewissermaßen beruhigt hattest?"

„Ich werde es ihr sagen."

„Warum hast du es nicht gleich getan? Es wäre wichtig gewesen..." Er steuerte das Auto mit sehr ernstem Gesicht, und wenn er etwas sagte, dann ohne mich anzusehen. Wie am Tag der Beerdigung trug er einen grauen Anzug mit Krawatte. Er hatte sich verändert, seit ich ihn das letzte Mal gesehen hatte: Über mein stets etwas schludrig wirkendes Bild von ihm hatte sich das eines gepflegten Mannes mit deutlich spürbarer Autorität gelegt, eines selbstsicheren, zufriedenen Mannes, der die Geschicke anderer verwaltete.

„Ich werde es ihr sagen, Sie werden sehen, es wird alles in Ordnung kommen. Katja ist gerade sehr mitgenommen und erschöpft. Sie müssen das verstehen, sie hat die ganze Belastung dieser letzten Monate auf sich genommen. Dazu das Studium, die Wohnung..."

„Aber ich war doch für euch da. Ich bin doch ihretwegen gegangen, um ihr das Studium zu ermöglichen und eine Heirat... habt ihr denn daran überhaupt nicht gedacht?"

„Ich werde sie daran erinnern." Dieser Mann war nunmehr der wichtigste Verbindungsweg zwischen mir und meiner Tochter, oder vielmehr der einzige verbliebene; aber es gelang mir nicht, ihm Vertrauen zu schenken.

„Du hast einen Fehler gemacht, Wanja", sagte ich zu ihm, als ich aus seinem Auto stieg, „du hast einen Fehler gemacht." Ich war wie betäubt von Angst, Schuldgefühlen und Zorn. Was auch immer mein Anteil an den Fehlern sein mochte, ich hatte zum ersten Mal im Leben nicht die Absicht zu verzeihen. Und nun, aus der Ferne, blieb mir kaum noch etwas, was mich trösten konnte.

In Wirklichkeit hatte ich bereits beschlossen, nicht mehr in den Laden zurückzukehren, sondern zum Professor zu gehen. Dieser Gedanke hatte mich während meiner ganzen Reise begleitet. Ich lief also durch die dunklen Gassen der Altstadt, überquerte den Corso Matteotti und nahm schließlich die Straße mit den Linden Richtung Via IV Novembre. Mehr als ein Kilometer, auf dem mir nur ganz wenige Passanten begegneten, während aus den Häusern die Geräusche des Familienlebens nach dem Abendessen zu vernehmen waren. Ich fand das große Eingangstor noch geöffnet. Ich klingelte, meldete mich über die Sprechanlage und ging hinein. Meinen Koffer ließ ich in einer dunklen Ecke des Eingangsbereiches stehen. Ich stieg über die große Treppe mit den flachen, ausgetretenen, von der Zeit glattgeschliffenen Stufen nach oben. De Felice hatte die Wohnungstür angelehnt gelassen. Ich hörte ihn reden. In der Tat saß im Wohnzimmer, in das er mich hereinbat, ein junger Mann bei ihm, in einem Sessel gegenüber dem seinen.

„Das ist die *signora*, die uns, wie ich Ihnen erzählt habe, bei der Lehre unterstützt", sagte De Felice und wandte sich an den Gast, „und der *dottore* hier", sagte er dann zu mir, „wird ebenfalls bei uns arbeiten; endlich werden wir nicht mehr allein sein; wir werden die Unterstützung eines echten Wissenschaftlers bekommen; nicht eines von jener anderen Sorte, Sie wissen schon, was ich meine. Nehmen Sie ruhig Platz – Sie sind gekommen, um uns ein bisschen Gesellschaft zu leisten?" Keiner von beiden war aufgestanden, als ich eintrat.

„Ich komme gerade aus der Ukraine zurück und wollte nicht allein sein", sagte ich.

„Ich verstehe", sagte De Felice.

„Könnte ich etwas Whisky bekommen?", fragte ich und deutete auf die fast leere Kristallglasflasche auf dem Tisch, während ich mich auf einer Stuhlkante niederließ.

„Aber sicher", antwortete er, „bitte sehr. Entschuldigen Sie, dass ich Ihnen keinen angeboten habe."

„Es war ja keine Zeit dazu", sagte ich.

„Die *signora*", sagte De Felice zu seinem Gast gewandt, während er sich wieder setzte, „hat die Vorlesungen von Pawel

Andrejewitsch Klimow besucht (das ist der Autor der Literaturgeschichte, die Sie ja auch kennen dürften); wenngleich sie aller Wahrscheinlichkeit nach bereits aus dem universitären Betrieb ausgeschieden war, als Sie noch in den Windeln lagen." In dem viel zu großen Sessel mit dem etwas abgewetzten fleischfarbenen Brokatbezug wirkte er kleiner als sonst. Das Zimmer, das ihn umgab, sein Wohnzimmer, war dunkel und stank nach Rauch, Staub und abgestandener Luft (wo waren die Haushälterin und seine Ehefrau?).

„Klar kenne ich das Werk", sagte der Gast, neigte den Kopf und schloss halb die Augen. „Unmöglich, es nicht zu kennen; es ist und bleibt das Monument einer gewissen Art, die Literaturgeschichtsschreibung aufzufassen." Der junge Mann war auffallend grazil. Er konnte nicht älter sein als dreißig, sein ganzes Aussehen vermittelte jedoch einen Eindruck von körperlicher Schwäche, aber auch von Selbstkontrolle und Reife.

„Ein Monument und ein Dokument", stimmte De Felice zu. „Pawel Andrejewitsch Klimow...", fuhr er fort, indem er weiter zustimmend nickte, „ein großartiger Gelehrter... auch ein großartiger Philologe; man denke nur an seine Schriften über das *Slowo*, Sie kennen die Aufsätze mit Sicherheit..." Der Gast nickte erneut bejahend und schloss wieder halb die Augen, sagte aber nichts dazu. Er hatte die Ellbogen auf die Armlehnen gestützt und die Hände mit den sehr dünnen Fingern vor seinem Körper gefaltet. „Soweit mir über ihn berichtet wurde", fuhr De Felice fort, „fehlte ihm jedoch die Redekunst... ich weiß nicht, *signora*, ob Sie dem zustimmen; Ihr Professor konnte nicht gut reden, so hat man mir erzählt; er stotterte, mühte sich ab, man konnte ihm nur mit sehr viel Anstrengung folgen. Bekannt ist auch die Anekdote mit dem Kaffee vor seinen Vorlesungen. Davon abgesehen war er jedoch ein rühmenswerter Lehrer und Gelehrter."

„Wenn er sprach, suchte er stets nach der passendsten Formulierung... er suchte mühsam in seinem Wortschatz die geeignetsten Worte, um einen Begriff und seine Nuancen auszudrücken...

er lehnte Ungenauigkeiten ab", versuchte ich zu sagen, aber eigentlich hatte ich gar keine Lust zu reden; tatsächlich schien mir dieses Gespräch völlig unnatürlich zu sein und keinerlei Rechtfertigung zu besitzen außer der Verlegenheit darüber, dass ich anwesend war; eine arme ukrainische *badante*, noch dazu Witwe, für die De Felice sich eingesetzt hatte und für die er in diesem Augenblick nichts übrig hatte als einen Hauch leicht verdrossenen menschlichen Respekts. Daher hatte ich keine Lust, etwas beizutragen. Im Übrigen war die Unterhaltung vollständig absurd. „Ich habe meinen Mann auf den Friedhof gebracht. Ich bin jetzt allein", hätte ich gerne gesagt. Aber mit einem Mal hatte ich keinerlei Hoffnung und vielleicht nicht einmal mehr den Wunsch, in dem Akademiker, der da vor mir saß, jene kranke und verderbte Menschlichkeit wiederzufinden, die mich angezogen und für kurze Zeit verführt hatte – es genügt, von einer einzigen Person zurückgewiesen zu werden, und schon nutzen dies alle aus, verschwören sich miteinander, um uns immer weiter nach unten zu befördern, hinunter zu den Ausgestoßenen.

„Auch Sie sind, soviel ich weiß", sagte nun der Gast zu De Felice, „mit einer beachtlichen philologischen Arbeit beschäftigt."

„Ich habe sie abgeschlossen und bereits drucken lassen, vor ungefähr einem Monat. Eine gewaltige Anstrengung. Ich habe sieben Jahre lang ausschließlich daran gearbeitet und an meinem Schreibtisch schon Wurzeln geschlagen. Sie können sich die Schwierigkeiten nicht vorstellen, die diese Ausgabe mit sich brachte."

„Ich habe Ihren Artikel gelesen, in welchem Sie bereits etwas zu den unklaren Stellen und ihren diversen textkritischen Schwierigkeiten unter anderem aufgrund der Kontamination antizipieren ", sagte der Gast und nickte wieder.

„Ein wirklich kniffliges Problem."

De Felice zündete sich eine Zigarette an und blieb eine Weile stumm, versunken in die Betrachtung der Schwierigkeiten des eigenen Werkes. Auch der junge Mann schwieg.

„Es ist besser, wenn ich gehe“, sagte ich schließlich und stand auf. „Es tut mir leid, dass ich Sie unterbreche... ja... die Hintergründe dieser kritischen Ausgabe interessieren auch mich, *professore*... wie oft hätte ich Sie im Büro gerne nach Ihrer Arbeit gefragt, war jedoch leider nicht dazu imstande, liegt mein Studium der Philologie doch schon etliche Jahre zurück; ich kannte den Artikel nicht, auf den der *dottore* sich gerade bezieht; auch die Problematiken, die Sie beide diskutieren, sind mir unbekannt... Aber jetzt bin ich müde, ich habe eine lange Reise hinter mir und muss morgen früh aufstehen, um den Laden zu putzen... Eigentlich war ich auch gekommen, um zu erfragen, ob es Änderungen in meinem Stundenplan gibt.“ De Felice fixierte mich für einen Augenblick, aber ohne jeden Ausdruck – indem ich aufgestanden war, hatte ich erneut meine Anwesenheit kundgetan, was ihn verdross; vielleicht war er sogar verlegen wegen seines eigenen Benehmens, hatte aber nicht die Absicht, dieses zu ändern; vor allem aber, so glaubte ich zu verstehen, wünschte er, dass ich endlich ging.

„Nichts weiter“, sagte er zu mir, „die Studenten waren bereits informiert, dass die Veranstaltung morgen wieder beginnen wird. Keine Änderungen also. Alles wie gehabt“, und er deutete ein Lächeln an.

„Also... dann komme ich morgen. Auf Wiedersehen, *professore*“, sagte ich. „Es war mir ein Vergnügen“, wandte ich mich dann mit schwacher Stimme an seinen Gast und steuerte auf die Wohnungstür zu. Aber De Felice rief mich zurück.

„*Signora*?“ Ich drehte mich um. „...Ach nichts“, sagte er dann und schüttelte den Kopf, „nichts, gar nichts... ich dachte nur, ja... wir müssen sehen, wie wir das hinbekommen mit dem *dottore*, wegen des Tisches in meinem Büro... aber darüber sprechen wir morgen. Gute Nacht, *signora*.“

X

Am folgenden Tag hatte ich meine Veranstaltung um zwölf Uhr mittags und ging auch nicht vor dieser Uhrzeit ins Institut. Den ganzen Morgen streifte ich durch die Straßen der Stadt, die trotz allem schön war, voller Licht und Leben. Als ich schließlich eintraf, saß De Felice an seinem Tisch, meiner war leer. Auch das Zimmer war auf ungewohnte Weise hell; einer der Läden war zur Hälfte geöffnet, und ein Bündel Lichtstrahlen traf auf meinen Schreibtisch. Ich grüßte, nahm die Texte, die ich brauchte, und ging in den Seminarraum. Während der Sitzung hatte ich eine Krise, ich bekam einen Kloß im Hals und konnte nicht mehr sprechen.

„Wie Sie wahrscheinlich wissen, habe ich gerade meinen Mann verloren", sagte ich zu den Studenten und bat, einen Augenblick hinausgehen zu dürfen. Als ich den Raum verlassen hatte, musste ich heftig weinen, während die Studenten in alle Richtungen an mir vorbeiliefen, und versuchte mich in eine Fensternische zurückzuziehen; dann ging ich wieder hinein. *„Und das Schlimme ist, dass dieser Tod im Leben der Menschheit weder einen Zufall, noch ein Ereignis darstellt, sondern etwas ganz Gewöhnliches ist"*, sagte ich, aus dem Kopf aus Tschechows Tagebüchern zitierend, und brachte wie ein Roboter die Stunde zu Ende. Beim Hinausgehen stieß ich im Korridor auf De Felice. Ich war in Verlegenheit, auch weil ich nicht wusste, wohin ich gehen sollte, ob ich den Platz in seinem Büro weiterhin als den meinen betrachten konnte, und falls ja, für wie lange noch. De Felice schien meine Gedanken zu lesen.

„Also", sagte er zu mir, *„signora, dottor* Salvi wird nicht vor

September als fest angestellter Forscher an diesem Institut arbeiten und muss daher noch nicht regelmäßig hier erscheinen. Fürs erste wird er sich also mit der Bibliothek begnügen. So können Sie den Tisch in meinem Büro weiterhin nutzen, solange Sie ihn brauchen." Ich bedankte mich. „*Signora*?", rief er mich zurück, als ich schon gehen wollte. „Was die Nachholsitzungen betrifft, so können Sie ab morgen damit beginnen." Ich erklärte, ich würde den Studenten am nächsten Tag Bescheid geben. Wir verbrachten den gesamten Nachmittag im Schweigen, jeder an seinem Tisch sitzend. Diese Situation war nichts Neues. Wir hatten viele Stunden auf diese Weise stumm zugebracht, und ein Teil von mir erlag noch immer der Faszination dieses Raumes. Ich brachte also die Ereignisse in meiner Familie noch nicht unmittelbar mit dem in Verbindung, was am Abend zuvor geschehen war, und auch nicht mit dem Leben am Institut. Jedes dieser drei Dinge existierte für einige Tage unabhängig von den anderen. Einziges Ziel meines Lebens war das Warten auf Katja: dass sie mich anrief, sich bei mir meldete. Nichtsdestoweniger bereitete ich weiter meine Stunden vor und hielt sie auch; und weiterhin betrachtete ich den Professor als Dreh- und Angelpunkt meiner physischen Existenz. Der Tod meines Mannes ließ mich immer wieder in verzweifeltes Weinen ausbrechen, vor allem nachts, in meinem Nebenraum und während ich den Laden putzte, aber auch dieser Tod blieb eine ganz eigene Tatsache für sich – es handelte sich um einzelne, isolierte Überreste von Vitalität in der leblosen Wüste meiner in tiefem Schmerz erstarrten Seele. Ich setzte also meine Routine am Institut fort, im Büro des Professors und an seiner Seite. An einem jener Tage kam auch die Studentin mit der Arbeit über Sachalin zu mir; ich hatte sie seit einiger Zeit nicht mehr gesehen. Sie berichtete, sie habe Arbeit in einem Restaurant gefunden, beabsichtige aber dennoch, beizeiten ihren Abschluss zu machen. Sie sagte mir auch, sie habe vom Tod meines Mannes erfahren, und schenkte mir ein Buch mit Gedichten über den Tod, die ein Freund von ihr geschrieben hatte.

„Wenn ich in der Küche stehe", fügte sie hinzu, „und den Teig für die Tagliatelle oder die Tortellini knete, erscheint mir die Literatur wie etwas weit Entferntes, scheint es mir, als gäbe es zwei Leben: in dem einen von beiden das Restaurant – und in dem anderen vor allem Sie."

XI

Bevor ich für immer nach Kiew zurückkehren sollte (nachdem meine vertraglichen Pflichten an der Universität erfüllt waren), wurde ich von De Felice eingeladen, einen Tag mit ihm zu verbringen: in einem Ort in den Bergen, wo er lokale Produkte einzukaufen pflegte. Zuerst zögerte ich, weil ich an Katja dachte und an meine Trauer. Er aber beharrte darauf und zählte mir die Vorzüge des Ortes auf: die Bergluft, die Küche, den guten Wein. Wir fuhren also, an einem sehr heißen Tag Ende Juni. Während der ganzen letzten Woche waren die Temperaturen über den Durchschnittswert gestiegen, und das Institut war vollständig ausgestorben. Büros, Korridore und Bibliothek waren wie leergefegt, die geöffneten Fenster schlugen bei plötzlichen Windstößen, während die Luft ansonsten stand; das Licht am Himmel war trübe, zähflüssig und unveränderlich; außer wenn es wirklich Nacht wurde, war keine Tageszeit mehr zu erkennen. Das wunderschöne Panorama der kleinen Stadt war erneut im Dunst versunken. Ich verbrachte meine Tage gewohnheitsmäßig im Büro, wo ich jedoch so gut wie nichts zu tun vermochte. Diese unvergleichliche Hitze, die mich wie eine Kutte vollständig einzuhüllen schien, und die Tage, die vorübergingen, ohne dass Katja sich meldete, ließen meine Verzweiflung wachsen, bis sie vollständig von mir Besitz ergriff – die Zeit verstrich, und mit ihr verfestigte sich das Geschehene und nahm seine endgültige, unabwendbare Form an: Mein Mann war also gestorben, auf diese Weise und unter diesen Umständen, und Katja ihrerseits hatte die Absicht, wirklich mit mir abzuschließen, zumindest für eine gewisse Zeit – aber für wie lange? Ich wusste, dass solche

Situationen gefährlich sind, denn irgendwann gewöhnt man sich daran, eine Bindung nicht mehr als selbstverständlich zu betrachten, und da der Mensch ein Gewohnheitstier ist, will man dann die neugewonnene Unabhängigkeit gar nicht mehr missen, *nur locker geknüpft sollte das Band stets sein, das uns Sterbliche miteinander vereint, damit wir es lösen oder fester es binden*, so oder so ähnlich schrieb schon Euripides, oder war es Aischylos? Und dann gab es da ja noch diese andere Sentenz: „Wer nicht seinen Vater und seine Mutter hasst..." Das zeigt, dass dieser Knoten schon seit Jahrtausenden entwirrt werden muss – unabhängig von der Lage, in guten wie in schlechten Zeiten – und dass die Sache sich schon seit Jahrtausenden als schwierig erweist. Aber was bleibt einem übrig? Was-bleibt-ei-nem-üb-rig?

De Felice führte mich zum Mittagessen in eine Trattoria aus, über einem See, dessen Namen ich nicht mehr weiß, an einer ausgestorbenen, sonnenbeschienenen Straße. Sie erinnerte mich an die Straßen Südrusslands, auf denen mein Mann und ich in jenem Sommer mit einem Mietauto gefahren waren, erst seit kurzem verheiratet und voller Begehren, während ich, ohne es zu wissen, bereits Katja erwartete – und jetzt war ich mit diesem einflussreichen, entspannten Mann im blauen Hemd unterwegs, und mein Mann war nicht mehr da: Sein Körper und die Möglichkeit, noch irgendetwas gemeinsam zu tun, waren für immer verschwunden. Während der gesamten Hinfahrt fragte De Felice mich nicht nach meinem Mann, noch deutete er irgendetwas an, was mein Leben betraf. Er interessierte sich sehr für die Bauarbeiten an einer Schnellstraße parallel zur Landstraße, die teils auf Stützen verlief und extrem kostspielig war. Über diese Straße sprach er auch beim Mittagessen mit dem Besitzer des Restaurants. Die beiden kannten sich wohl gut, und der Mann, der eine Kochschürze trug, setzte sich an unseren Tisch und leistete uns die ganze Zeit Gesellschaft; im Übrigen saßen ja auch nur wir in diesem großen, halbdunklen Raum mit den gelb gedeckten Tischen und den offenen Fenstern, die hinter den halb heruntergelassenen Rollläden den Himmel erkennen ließen – der See war nicht zu sehen, aber man spürte doch die Anwesenheit eines warmen, stehenden Gewässers, und man hörte das Leben der Insekten in der feuchten, sumpfigen Schwüle. Die Schnellstraße würde ein paar Kilometer weiter weg verlaufen und die Trattoria von der Strecke abschneiden, aber der Besitzer machte sich keine Sorgen: Seine Kinder arbeiteten, hatten Familie, weit entfernt von ihm. Es war Zeit, sich zur Ruhe zu setzen. De Felice stellte Fragen, war interessiert und aufmerksam; ab und zu sah er auch mich an. Für den Wirt musste es offensichtlich sein, dass ich seine Geliebte war. Was hätte ich sonst dort zu suchen gehabt? Der Wirt hätte auch schon verkaufen können, bevor es mit der Trattoria zu Ende ging, aber deren Schicksal war nun mal besiegelt, es würde eine Schnellstraße in ein paar Kilometern Entfernung geben, und die Landstraße würde zur Nebenstraße werden.

„Wir werden alle zusammen zur Randerscheinung werden, die Straße, die Trattoria und ich.“ De Felice hörte dem Mann mit Aufmerksamkeit und Sympathie zu, ein Philologe und Spezialist für die Großen der Literatur, der sich auch für die nebensächlichen Dinge der Welt interessierte, mit aufrichtiger, jovialer Aufmerksamkeit und in Hemdsärmeln. Sein Gesicht war noch immer bleich und eingefallen, insgesamt wirkte er jedoch gesund und vor allem ruhig; jede Art Neurose schien von ihm abgefallen zu sein. Er kaufte eine Kiste Wein, ließ sie in seinen Kofferraum laden und blieb nochmals stehen, um sich weiter zu unterhalten, im spärlichen Schatten des Parkplatzes, auf dem es so giftig roch, als würde der Asphalt sich in der Sonne verflüssigen. Der Wirt zeigte ihm genau die Stelle hinter einer Baumgruppe, wo die Schnellstraße vorbeiführen würde. De Felice stieg auf eine Kuppe, um besser sehen zu können, denn er meinte, bereits Absperrungen erspäht zu haben, aber nein, da war noch nichts. Nur der Plan. Es konnten noch Monate vergehen, vielleicht auch Jahre. Das bereits im Bau befindliche Stück war noch etliche Kilometer entfernt. Er blieb auf der Kuppe stehen, um von dort den hinter einer ungepflegten und stacheligen Hecke sichtbaren See zu betrachten.

„Einmal wollte Maddalena hier baden gehen", sagte er zu dem Wirt, während er wieder herunterstieg und zum Auto ging. „Meine Frau war sehr leichtsinnig damals. Ihr Sohn brüllte wie am Spieß. Er hatte einen hysterischen Anfall. Ich musste ihn mit Gewalt von ihr fernhalten. ‚Mamma ertrinkt', schrie er. Und sie: keinerlei Reaktion."

Danach nahmen wir eine kleine Straße aufwärts zu einer Häusergruppe, hinter der sich eine weiße Burgruine erhob. Die Straße war steil mit vielen Kurven; man konnte sie nur langsam erklimmen. Wir hatten die Fenster geöffnet, aber die Luft, die hereinkam, war warm und duftete nach Hitze und trockenen Gräsern. Im Restaurant hatten wir einige Gläser Wein getrunken, und ich fühlte, wie mein Kopf schwer wurde; die Nähe im Innern des Wagens wühlte mich auf, und ich fühlte verworrene Empfindungen in mir aufsteigen, die mir die Kehle zuschnürten und meine Eingeweide in Aufruhr versetzten – ich war voller Erwartungen an De Felice, wünschte mir, dass auch er die gleiche Sehnsucht, die gleiche Wehmut empfinden sollte, die mich gerade erstickten. Denn es hatte ja glückliche Tage gegeben, wir hatten jemanden an unserer Seite gehabt, eine Familie, während jetzt nichts mehr da war, was wir hätten nachholen können. Da war Maddalena gewesen, die frei wie eine Göttin im See gebadet hatte, da war ein schreiendes Kind gewesen, das man festhalten und am Arm wegziehen musste. Damals im Auto auf den glutheißen Straßen hatten mein Mann und ich nichts anderes getan als uns zu umarmen, Glut von außen und Glut von innen. De Felice und ich hatten in diesem Moment das alles hinter uns. Gleichzeitig wollten wir doch wieder leben und unserer jeweiligen Vergangenheit etwas entreißen, ein lebendiges Element, das wir miteinander teilen konnten. Maddalena war seit damals wahrscheinlich etwas dicker geworden. Sie ging gerade durch eine Lebensphase, die für eine Frau nicht einfach ist.

„Wie alt ist Ihre Frau?“, fragte ich.

„Dreiundfünfzig. Fünf Jahre jünger als ich.“

„Das hätte ich nicht gedacht.“

„Was?“

„Dass Sie schon fast sechzig sind.“

„Ich habe einen Pakt mit dem Teufel geschlossen.“

„Das würde ich gerne sehen, das Bild, das an Ihrer Stelle altert.“

„Sie würden es also gern zerreißen? Damit ich altere und ganz plötzlich sterbe? Wollen Sie sich rächen?“

„Ich würde verzweifeln.“

„Warum?“

„Wenn auch Sie sterben würden. Ich würde verzweifeln...“

„Warum?“

„Einfach so.“

„Ich bin auf jeden Fall achtundfünfzig, meine liebe *signora*. Und um die Wahrheit zu sagen, bin ich schon ziemlich gezeichnet, ich würde sagen, der Tod nagt bereits eine ganze Weile an mir.“ Er bog in einen staubigen Weg ein, und das Auto begann zu schaukeln.

„Hier leben Bekannte von mir“, sagte er. „Ich komme seit Jahren hierher, seit mein Sohn, als er klein war, Honig und Gelée Royale brauchte. Sie haben Bienenstöcke, verarbeiten Schweinefleisch und halten Schafe, sie machen Ricotta und Käse. Ich will ein Paket nach London schicken, wie meine Mutter es immer getan hat – wir stammen aus einem kleinen Ort im Süden, aus dem ich mit achtzehn Jahren weggegangen bin, einem winzigen Dorf an der Küste. Meine Mutter packte die Kiste immer in Strohpapier ein, verschloss sie mit einer Schnur und schrieb dann mit ihrer krummen und zittrigen Handschrift die Adresse darauf. Wenn ich das Paket bekam, stellte ich mir ihren ganzen Weg vor, wie sie es zur Post gebracht hatte, ich folgte jedem ihrer Schritte. Sie hatte ein schönes, kantiges, lachendes Gesicht und wirkte so, als gäbe es nur gute Dinge auf der Welt. Aber sie war störrisch wie ein Maultier; das Paket brachte sie immer zu Fuß auf den Weg, es war jedes Mal schwerer als das vorige, und wenn Bekannte im Auto anhielten, um sie mitzunehmen, schickte sie sie mit einem Handzeichen weg." Er sah mich an. „Ihr Tod ist schon zwanzig Jahre her...", sagte er und schüttelte den Kopf, „zwanzig Jahre. Als ob das gar nichts wäre." Auf dem Bauernhof kam uns ein riesiger Mann entgegen, mit Glatze und einem dicken schwarzen Schnurrbart. De Felice kannte offenbar auch ihn sehr gut. Im Schatten eines Maulbeerbaums bot der Mann uns Wein an. De Felice hatte sich für seinen Sohn eingesetzt, der studierte und es lange nicht schaffte, auch nur eine Prüfung zu bestehen. Dabei war er ein Junge, den man loben musste; im Sommer arbeitete er wie ein Maultier auf dem Hof; De Felice erinnerte sich, dass er schon als kleiner Junge alleine Traktor gefahren war. Aber es sei gut, dass er studiere, danach werde er vielleicht den Hof übernehmen und neu organisieren, nach innovativen Kriterien.

„Nicht hier", sagte der Bauer, „die Arbeit hier ist sehr schwer. Er ist anders." In der Landschaft um uns herum herrschte Schwüle, und die Zikaden zirpten sich die Seele aus dem Leib. Der Hof machte einen eher unordentlichen Eindruck, so als werde dort durchaus entspannt, aber auch etwas chaotisch gearbeitet. So war auch in diesem Moment gerade niemand zu sehen. Es gab verschiedene Nebengebäude, Ställe und Lagerräume aus Betonblöcken mit großen Öffnungen, durch die man Säcke, Traktoren und allerlei Plunder herumstehen sah, und aus Wellblech grob zusammengebastelte Unterstände. Diese neueren Verschläge schienen jedoch eher unwichtig zu sein, etwas Provisorisches, das man leicht wieder abbauen konnte. Den Mittelpunkt der verwaisten Tenne bildete das weiße Wohnhaus mit abblätterndem Putz, Außentreppe und Kletterpflanzen, die einen Teil der Fassade bedeckten. Unter dem Maulbeerbaum wehte hin und wieder ein Lüftchen, es roch stark nach Gras, und der Gesang der Zikaden und Grillen schien ganz aus der Nähe zu kommen, als hielten sie sich direkt neben uns zwischen den Gräsern versteckt. Der Bauer rief nach seinem Sohn, der sofort aus dem Haus und die Treppe herunterkam, ein hübscher Junge mit dunkler Haut, der lächelte, sobald er De Felice erblickte. Der Professor begrüßte ihn herzlich, drückte ihm die Hand und erkundigte sich nach seinen Prüfungen, wobei er ihn interessiert betrachtete.

„Ohne Sie hätte ich es nicht geschafft", sagte der Junge. „Ich habe jemanden gebraucht, der an mich glaubt; hier auf dem Hof ist einer, der studiert, so eine Art Außerirdischer..." Und er blickte seinen Vater an.

„Deine Schwester Rachele wird dir, wenn sie größer ist, Gesellschaft leisten; ich denke, in ein paar Jahren wird sie dich verstehen", sagte De Felice.

„Rachele will immer nur spielen", sagte der Junge und schüttelte den Kopf. „Sie hasst Bücher und die Schule. Sie wird sich um die Hühner kümmern wie meine Mutter." De Felice steuerte mit dem Bauern und seinem Sohn auf eines der Nebengebäude zu, während ich auf einer wackligen Bank sitzen blieb, im von Lichtfäden durchzogenen Schatten des Maulbeerbaums. Als sie zurückkamen, schleppten sie Kisten.

„Ich verschenke sie auch, diese Produkte", sagte De Felice zu mir, während er eine der Kisten auf dem Boden absetzte und die Heckklappe seines Autos öffnete. Neben den anderen beiden wirkte er weniger groß und auch zierlicher als im Institut, und doch – obgleich kultiviert und offensichtlich wenig geeignet für die Arbeit mit den Händen – genauso vital und pragmatisch wie sie; in der Tat strahlte von seinem blauen Hemd eine Art Jugendlichkeit auf seine ganze Erscheinung ab. „Wenn ich etwas von diesen Erzeugnissen verschenke, komme ich damit immer gut an", sagte er, „die Leute sind mir dankbar ohne Ende." Dann, als wir gerade ins Auto stiegen, kam auch die Frau des Bauern aus dem Haus, die ich noch nicht gesehen hatte, die aber De Felice wohl bereits in dem Gebäude begrüßt hatte, während er seine Einkäufe tätigte.

„*Professore*", rief sie, während sie mit langen Schritten näher kam. Sie sah ihrem Sohn sehr ähnlich, auch sie war hübsch, auch wenn ihre Haut, dunkel wie die seine, nicht mehr so frisch und ihre Gesichtszüge ein wenig hart wirkten. Ihr Busen war üppig und wurde von ihrem Ausschnitt großzügig zur Schau gestellt. De Felice stieg noch einmal aus dem Auto, um sich von ihr zu verabschieden. Sie hatte ihm als Dreingabe noch einen Beutel frische Eier aus dem Haus gebracht. De Felice nahm ihre Hand und verbeugte sich. Offensichtlich waren alle dem Professor sehr dankbar, aber der Blick der Frau hatte darüber hinaus etwas Stolzes, mit einer flüchtigen Andeutung sexuell gefärbter Überlegenheit. Der weiblichen Intuition dieser noch jungen Frau musste De Felices Schwäche sofort ins Auge springen.

Von dort fuhren wir hinauf ins Dorf, ein weiteres steiles Stück Straße mit engen, schwer zu befahrenden Kurven, hinter denen sich nach und nach der Blick über das ganze Tal auftat. In aller Ruhe besichtigten wir die kleine Ortschaft (Rocca Alta hieß sie, glaube ich) mit ihrem schönen Panorama, sie war historisch und noch sehr ursprünglich. De Felice schien eine alte Leidenschaft für diesen Ort zu hegen, nichts Gefühlsmäßiges, eher ein Interesse aus einer längst vergangenen Zeit; äußerst träge sah er sich um und schien es mit der Rückkehr kein bisschen eilig zu haben. Er sprach nicht viel, und ich hatte den Eindruck, dass meine Anwesenheit an seiner Seite keine nennenswerte Rolle für ihn spielte, wahrscheinlich ebenso wenig wie seinerzeit die von Maddalena und ihrem Sohn zwischen denselben armseligen Häusern. Der Philologe in ihm lebte wieder auf, alles in allem entsprach sein Beruf seinem Wesen oder hatte umgekehrt seinen Geist im Laufe der Zeit entsprechend geformt. Sein aufmerksamer Blick war der eines Experten; er war ein Neurotiker, der jedoch imstande war, kleinste Details aus der Vergangenheit in aller Ruhe zu untersuchen. Mein Unterricht hatte im Vergleich zu dem seinen gewiss einen oberflächlicheren und naiveren Charakter besessen, die Studenten hätten doch merken müssen, dass sie in ihrem ersten

Studienjahr viel mehr von ihm hatten lernen können als von mir; und stattdessen hatten sie mir am Ende der letzten Sitzung einen langen Applaus geschenkt, eine echte Ovation.

Wir hielten an, um noch mehr Wein zu trinken, setzten uns an einen der Tische im Freien vor einem alten Gasthaus. Dann führte er mich aus dem Dorf hinaus, entlang einer breiten, von Bäumen gesäumten Straße, wo eine großartige Landschaft aus engen Tälern und hohen, zerklüfteten, fast bergähnlichen Hügeln vor uns lag. Der Abend kam, und mit ihm ein beeindruckendes Schattenspiel zwischen den klar sich abzeichnenden Hügeln, entlang der Schluchten und Verwerfungen, am Fuß der Bergrücken und auf den graubraunen Flurstücken. Der Himmel leuchtete hell. Die Luft war inzwischen kühl geworden. Ich zog mir eine dünne schwarze Strickjacke über – darin fühlte ich mich noch schmächtiger und ausgezehrter, wie ein Zweig, der zu brechen droht, ganz anders als die blühende Maddalena. Ich dachte an sie und an ihr leichtsinniges Bad, fast nackt im trüben Wasser, fast nackt ihr üppiger Körper, die von ihrem Mann geliebten weißen Schultern, die sich mit weiten Schwimmstößen über den See entfernten; von ihr verlassen worden zu sein, musste ihn vernichtet haben. Die Einsamkeit mag Teil der Natur eines solchen Mannes sein, nicht aber das Verlassenwerden; das Empfinden eines unwiderruflichen Verlustes (diese außergewöhnliche Person, diese Ausnahmeschönheit, war mit mir zusammen, sie war mein; mein Sohn wird heranwachsen und fortgehen, und ich werde ihn verlieren, habe ihn schon verloren, ach, diese lächelnde Mutter, dieser Vater, dieses unerschöpfliche, unverstandene, nun endgültig vergangene Glück) war allzu schmerzlich für sein gefühlvolles Wesen. Wir setzten uns auf eine Bank, die halb im hohen Gras verschwand. Es roch stark nach Bergkräutern, nach Minze und Abend. Ich lehnte meinen Kopf an seine Schulter, und er legte einen Arm um mich.

„Die Farbe der Verwerfungen ist auf Meeres-Sedimente zurückzuführen, die den Fels geformt haben“, sagte er, „dieser Ort ist voll mit Fossilien; wenn Sie hier in der Umgebung ein bisschen graben, finden Sie sie haufenweise." Ich aber zitterte, an seine Schulter gelehnt. Ich nahm seine Hand, streichelte sie und führte sie an meine Lippen. „Sie scheinen es", sagte er, „darauf anzulegen, sich kaputtzumachen. Wissen Sie, Nina, Sie neigen wirklich zur Selbstzerstörung. Ich brauche nichts anderes als Prostituierte und Krankenschwestern. Was davon können Sie bieten? Sie sind eine intelligente Frau und eine Meisterin der Integrität, was sollte ich denn mit Ihnen anfangen?"

„Eine Meisterin der Integrität?", gab ich zurück. „Ist Ihnen nicht klar, dass ich meinen Mann fern von mir habe sterben lassen?"

„Na und? Auch Maddalena wird das tun. Soviel sie sich auch Sorgen macht – im richtigen Moment wird sie es nicht schaffen, da zu sein. Ihr seid so chaotisch. Aber macht euch darum keine Schuldgefühle. Ihr seid trotzdem das Beste, was im Leben eines Mannes passieren kann. Man muss euch nachweinen bis in alle Ewigkeit...", sagte er, erhob sich ganz plötzlich von der Bank und streckte mir die Hand hin, damit auch ich aufstand. „Nina", fuhr er fort, „ich habe einen Fehler gemacht. Ich hätte Sie in Ruhe lassen sollen, als Sie noch ein Bibliotheksmäuschen waren, denn Sie interessierten mich als Frau, nicht als Wissenschaftlerin. Aber ich kann Ihnen versichern, dass Sie eine sehr gute Dozentin waren."

Wir gingen schweigend nebeneinander her. Ich hakte ihn unter. Mit meinem ganzen Wesen begehrte ich seine Nähe. „Auch *dottor* Salvi ist auf seine Art ein Mensch ohne Tadel", hob er wieder an, „ein bisschen fanatisch, aber ohne Tadel. Er kommt aus einer sehr armen Familie. Er muss sich unglaublich ins Zeug gelegt haben, um das alles fertigzubringen, um all die Titel zusammenzubekommen, die er gesammelt hat. Auch wenn, um die Wahrheit zu sagen, in all diesem Material nichts ist, was Leben hat, keine Spur eines originellen Geistes. Aber wie dem auch sei, er könnte das Institut wirklich voranbringen, und sei es nur, weil er immer anwesend sein und alles skrupulös erledigen wird, er ist ein großer Pedant."

„Keinesfalls so sehr wie Sie", sagte ich.

„Ich bin ein Pedant? Das ist wahr. Mir entgeht nichts von dem, was am Institut geschieht. Aber was sollte ich denn sonst machen? Was bleibt mir denn anderes übrig Ihrer Meinung nach, *signora*?"

Während der Rückfahrt fragte er mich doch noch nach meinem Mann und erzählte mir von einem Bekannten, der dieselbe Krankheit hatte, nur mit einem langsameren Verlauf. Er riet mir, so bald wie möglich zu meiner Tochter zurückzukehren und nicht noch weitere Zeit verstreichen zu lassen, denn das würde alles nur noch schwieriger machen; Katja habe die Jugend und das Leben auf ihrer Seite und Wanja als Verbündeten, sie sei in der Position der Stärkeren. Wenn ich mich nicht beeilte, werde sie vielleicht bald nicht mehr verstehen, was auf dem Spiel stehe und uns beiden für immer verloren ginge.

XII

Schließlich bin ich doch zu Katjas Konferenz gefahren. Ich habe am Institut für Russische Sprache und Kultur (wo ich kurz nach meiner Rückkehr aus Italien angestellt worden war), einen Tag Urlaub beantragt und dann den Zug nach Charkiw genommen, mit meiner schwarzen Ledertasche, dem blauen Kostüm, den flachen Schuhen und einer finsteren und schmerzvollen Entschlossenheit, derentwegen ich im Zug weder lesen noch nachdenken konnte; ich schaute die ganze Zeit hinaus, ohne etwas zu sehen, nahm nur das Vorüberziehen, das rasche Vergehen, das Entfliehen der äußeren Dinge und des Himmels wahr. Ich bin mit dem Taxi zur Universität gefahren, der Morgen war schon weit fortgeschritten, die Luft klar, die Stadt voller Leben. Katja sollte ihren Vortrag in der zweiten Sitzungsperiode dieses Vormittags halten, die um zwölf Uhr begann. Als ich das Audimax der Universität Charkiw betrat, einen lichtdurchfluteten Raum mit Stühlen aus hellem Holz, angeordnet wie in einem Amphitheater, saßen noch andere Referenten am Tisch. Ich setzte mich nach hinten und etwas an den Rand, in der Hoffnung, nicht von ihr gesehen zu werden, suchte sie aber mit dem Blick. Ich habe sie tatsächlich sofort erkannt. Sie saß in der ersten Reihe zwischen zwei Männern in dunklem Jackett; auch sie war dunkel angezogen, das volle Haar floss ihr über die Schultern: Den Kopf ein wenig zur Seite geneigt, hörte sie zu. Einer der Männer neben ihr sagte ihr ab und an etwas ins Ohr, dann drehte sie sich etwas zu ihm hin, und ich konnte für einen kurzen Moment ihr Profil erkennen, ihre Wange, eine Andeutung ihrer schmalen Nase, ihren ausgeglichenen und lächelnden Gesichtsausdruck, den sie gegenüber anderen aufzusetzen weiß. Ich konnte den Blick nicht von ihr wenden, von meiner Katja. Dann gab es einen Wechsel, und nun war sie es, die am Tisch der Referenten Platz nahm. Sie trug eine weiße Bluse, oben leicht geöffnet, unter einer grauen Jacke; ihre Schultern waren gestrafft, ihr Gesicht entspannt und selbstsicher, aufmerksam lauschte sie dem Moderator, der sie vorstellte – die jüngste Referentin der Konferenz, ein vielversprechendes Nachwuchstalent der medizinischen und naturwissenschaftlichen Forschung... Eine etwas unverhältnismäßige Strenge, dachte ich, während ich sie ansah; aber auch so im Sitzen, auch auf die Entfernung, ließ sie das perfekte Maß, den Hochmut und die Sinnlichkeit ihres Körpers erkennen, gegenüber einer Versammlung, die größtenteils aus Männern bestand – was hätte wohl ihr Vater über diese Frau gedacht? Er betrat ihr Zimmer nie, und da dieser Raum zugleich unser einziges Arbeitszimmer war, in dem wir auch unsere Papiere aufbewahrten, schickte er immer mich, wenn er etwas brauchte. Später musste die Tochter dann den nackten Körper ihres Vaters ankleiden, aber das gehört nun einmal zur Schattenseite unseres Lebens. Ihrer beider Schamhaftigkeit war alltäglich, ein Umgang aus langen, hellen, einander ähnlichen Tagen; ihre Beziehung war merkwürdig. Für mich wäre es damals unmöglich gewesen, diese Distanz zu halten, mir erschien es völlig natürlich, alles von ihr zu sehen und zu wissen, ich hätte mir die Beziehung zu Katja nicht anders vorstellen können, es hatte nie etwas gegeben – wenn nicht meinen eigenen Körper –, was ich so intensiv gespürt hätte. Und doch war diese attraktive Frau, die so fähig und streng und dabei noch so jung aussah, wie sie da am Referententisch einer so illustren Aula saß, unsere Tochter; wenn man es aus einem bestimmten Blickwinkel betrachtete, gab es nichts Erstaunlicheres als diese Trennung unserer beider Schicksale. Als sie zu sprechen begann, ließ ihre feste, klare und ruhige Stimme, noch mehr als zuvor ihre Gestalt, mein Herz schneller schlagen – ihre Anwesenheit war für mich nach all der langen Zeit so lebendig, dass meine

Seele nicht ruhig bleiben konnte. Sie sprach, ohne abzulesen, nur manchmal blickte sie auf einige statistische Daten, die sie sich, wie mir schien, auf kleine Zettel notiert hatte; ohne Zaudern oder Unsicherheit, vielleicht mit einer leichten Arroganz. Das versammelte Publikum hörte ihr schweigend und aufmerksam zu; ein alter Herr in der ersten Reihe – ihr Professor – nickte immer wieder. Alle anderen passten auf. Auch ich hörte zu und versuchte etwas zu verstehen, aber mein Geist ging seiner eigenen Wege. Katja erlebt gerade eine glückliche Zeit, dachte ich, nichts beflügelt mehr, als zu studieren und auf den Erfolg zu warten, zu sehen, wie sich die eigene Methodik und Beharrlichkeit in Startbahnen zum Abheben verwandeln, und dann diese derart frühen, äußerst schmeichelhaften Ergebnisse.... Und trotzdem hatte ich das Gefühl, sie verteidigen zu müssen: gegen die Zeit, gegen das Leben, gegen diese Männer dort.

„Die Schülerin, in die ich mein ganzes Vertrauen setze und die mich in der Forschung überleben wird", so nannte sie ihr Professor in seinem kurzen Nachwort, in welchem er mit wenigen heiseren und nüchternen Worten fast ausschließlich von ihr sprach. So begriff ich, dass er ihr Tutor war, der Mann, dem sie ihre Einführung in die kleine Welt der örtlichen Wissenschaftler verdankte, ein sehr alter, zierlicher Herr mit merkwürdig unregelmäßigen Gesichtszügen, die aus der Entfernung nur dank seiner Stimme als gutmütig, ein wenig ironisch wirkten – er war wohl von irgendeiner Krankheit gezeichnet. Ich konnte nicht anders, als an Giulio De Felice zu denken. Die Erinnerung an ihn ist auf eine gewisse Art weiterhin in meinem Leben präsent, ein wenig schwankend, aber häufig. In manchen dieser Momente denke ich, dass die Geschichte unserer Bekanntschaft noch unvollendet ist, und dann scheint es mir, als könnte ich eines Tages eine Klärung erwarten, von der ich aber gar nicht genau weiß, wie sie aussehen sollte; ich halte mich an dem Gefühl fest, ihm etwas beweisen zu müssen, eine seltsame Mischung aus intellektueller Tüchtigkeit und unausgedrückter Zärtlichkeit, eine Antwort, die sein Interesse für mich und seine Ironie angemessen erwidern sollte. Aber wahrscheinlich ist, dass einfach nichts geschehen wird. Von heute bis ins Alter, nichts und wieder nichts.

Und doch kann ich nicht aufhören, für Katja zu hoffen, das Schicksal möge eine Ausnahme machen. Dieser alte Herr bietet ihr eine neue Art Väterlichkeit, die so gar nichts mit unserer Vergangenheit zu tun hat, ein neu erfundenes Kindsein, das jedoch ihre Zukunft beeinflussen wird; sie befindet sich nun unter einem neuen Schutz von einer anderen Qualität – der, den wir ihr hätten bieten können, hätte im Vergleich dazu nur pathetisch gewirkt, wie alle alten Dinge und Sehnsüchte. Zwischen ihm und ihr besteht ein herzliches Verhältnis, respektvoll, aber gut eingespielt. Am Ende der Sitzung hielt sie nur nach ihm Ausschau, und er nahm ihre Hand und lächelte sie an, mit seinem schiefen und gutmütigen Gesichtsausdruck. Inzwischen standen auch andere um sie herum, und sie lächelte, hörte zu, nickte und sah mal dem einen, mal dem anderen ins Gesicht. An diesem Punkt fand ich, es sei nun Zeit für mich, zu gehen und die Aula still zu verlassen. Ich nahm also meine Tasche und wandte mich zum Ausgang. Aber schon nach wenigen Schritten hörte ich, wie sie mich rief, und da stand sie schon hinter mir.

„Mama? Woher wusstest du? Wie bist du hergekommen?", fragte sie. Wie sie so vor mir stand, wirkte sie groß, blass und dünner war sie geworden, die Haut spannte über ihren Wangenknochen, und sie hatte dunkle Ringe unter den Augen. Von weitem hatte sie auf mich ausgeruhter und strahlender gewirkt (so wie ich sie hier vor mir hatte, war sie kein Mädchen mehr, sondern eine Frau, eine junge, erschöpfte Frau, und die Zeit zwischen diesen beiden Bildern würde für immer unüberbrückbar bleiben).

„Du warst gut, sehr gut", sagte ich mit zittriger Stimme zu ihr, „...Um ehrlich zu sein: Ich habe nicht viel verstanden; aber ich denke, du warst sehr klar. Du hast gesprochen, ohne abzulesen, alle haben dir aufmerksam zugehört. Der Professor hat die ganze Zeit genickt."

„Das ist ganz natürlich, dass er nickt", sagte sie mit einem halben Lächeln, „schließlich ist das alles auf seinem Mist gewachsen. Aber wir geht es dir, Mama? Wie hast du es denn bis hierher geschafft?"

„Ich habe durch eine Kollegin von dieser Konferenz erfahren. Da habe ich mir gedacht, ich komme mal vorbei", sagte ich bange. Tatsächlich nahm ich eine Nuance von tiefer Zärtlichkeit in ihrem Gesicht wahr. „Ich weiß nicht, ob das richtig war, ich war unsicher bis zum letzten Moment, und dann habe ich heute in aller Frühe einfach den Zug genommen."

„So eine lange Reise. Ich hätte nie gedacht, dass du kommen würdest."

„Ich wusste ehrlich gesagt auch nicht, ob es angebracht war, ob mein Anblick nicht vielleicht deine Konzentration stören würde... jemand aus der Familie kann in solchen Fällen Verlegenheit auslösen", sagte ich.

„Ich habe dich nicht gesehen, während ich geredet habe, erst danach habe ich dich bemerkt, als ich den Tisch verließ."

„Ja eben, ich wusste nicht so recht, deshalb habe ich mich ganz nach hinten gesetzt... Du bist sehr elegant, Katja." Aber da sah ich, wie sie einen schnellen Blick in Richtung ihrer Kollegen warf. „Du musst gehen, stimmt's?", sagte ich beklommen. „Geh nur, mach dir um mich keine Sorgen, ich fahre jetzt zurück zum Bahnhof, geh nur zu den anderen, diese Gelegenheit musst du nutzen."

„Ich kann noch ein bisschen bleiben, Mama. Fährst du denn gleich wieder zurück? Soll ich dich nicht meinem Professor vorstellen?"

„Ich fahre wieder, Katja, ich muss, ich habe nur einen Tag frei bekommen, morgen früh muss ich wieder am Institut sein. Geh nur, es ist wichtig, sie wollen dir sicher alle noch gratulieren. Mach dir keine Sorgen. Jetzt nehme ich mir ein Taxi, gleich hier gegenüber dem Gebäude, und fahre zum Bahnhof. In weniger als fünf Stunden bin ich wieder zu Hause, Katja, jetzt geh... wie schön, Katja, dass du so etwas erleben kannst. Das sind doch die Augenblicke der Erfüllung, die das Leben uns bietet", sagte ich zu ihr.

Ich bin also nicht geblieben. Ich wollte ihren Professoren und Kollegen nicht vorgestellt werden. Das hätte mich in Schwierigkeiten gebracht. Seit langem habe ich mich daran gewöhnt, nur in ganz einfachen Sätzen zu sprechen, ich erkläre den Studenten am Institut für Russische Sprache und Kultur, dass man „Sibirien" auf Russisch Сибирь schreibt, und warum es so heißt. Ich lese fast gar nichts mehr. Auch Tschechow spricht nicht mehr zu mir. Alles geht verloren.

Zweiter Teil

Und er dachte: „Kommt Zeit, kommt Rat."

Anton Tschechow, *Drei Jahre*

I

Ich bin von Giulio De Felice zu einer Konferenz über Anton Tschechow eingeladen worden; Reise und Aufenthalt wurden mir bezahlt, und so bin ich nach acht Jahren ein weiteres Mal nach Italien gekommen. Da gestern Abend jedoch niemand auf mich wartete, habe ich die Nacht bei Mariangela verbracht, die jetzt fast hundert Jahre alt ist und immer noch am Leben; ich habe das Bett mit ihrer derzeitigen Pflegerin geteilt, die auch aus meinem Land stammt, der jungen Lisaweta. Während im Zimmer die Lichter der Autos durch die angelehnten Fensterläden huschten und ihr rundliches Gesicht beleuchteten, das den Ausdruck einer fast kindlichen Bereitwilligkeit zeigte, habe ich mich mit dieser jungen Frau vertraut gemacht, bis ich ihr – wir saßen nebeneinander auf dem Bett, an das Kopfteil gelehnt – schließlich wichtige Dinge aus meinem Lebens erzählte. Als ich in Macerata angekommen bin, regnete es, ich erreichte das Haus in klatschnassem Zustand und genoss drinnen seine angenehme Wärme; trotz des stürmischen Tages hatte ich auf meinem Weg durch das „Handwerkerviertel" unter den süßen Düften des späten Frühlings, die der Abendregen noch verstärkte, viele in der Erinnerung liebgewonnene Orte wiedererkannt: die Straße mit den alten Häusern, das gewundene Auf und Ab der Gassen, den Lebensmittelladen, wo ich gearbeitet und die Nachricht vom Tod meines Mannes erhalten habe, die Kirche. Ich hatte sehr lange nicht mehr über das gesprochen, was hier geschehen war, aber in der Dunkelheit und im Gefühlsüberschwang meiner Rückkehr kam es ganz instinktiv dazu, dass ich mich dem Mädchen anvertraute; umso mehr als gestern Abend die Reue weniger im Vordergrund stand und die Erinnerungen sich in einem neuen Licht zeigten. Seit einiger Zeit ist es ohnehin so, dass der harte Kern meines Schmerzes an Gewicht zu verlieren scheint; da ich Lust habe zu leben – und auch dazu bereit bin –, fühle ich mich, ohne dass ich daran etwas ändern könnte, auch weniger schuldig. Wie mir heute beim Erzählen deutlich spürbar wird, war mein italienischer Lebensabschnitt durch Zeit und Umstände klar abgegrenzt, und gerade deshalb – was auch immer meine Tochter darüber denken mag – hat er nun in seiner Kürze und Abgeschlossenheit fast nichts mehr mit der grenzenlosen Tragödie zu tun, die der Tod ihres Vaters war und für immer bleiben wird; acht Jahre sind seither vergangen, und die verschiedenen Erklärungen können mittlerweile nicht mehr verhindern, dass die Zeit unbemerkt die Substanz jenes Schmerzes in immer weitere Ferne rückt. Ich wollte Lisaweta jedoch warnen: Ihr gutmütiges und friedfertiges Aussehen und die genügsame Freundlichkeit, mit der sie sich der Alten widmete, verrieten, so schien es mir, riskanten Leichtsinn. Mein Aufenthalt in Italien war der Ursprung von allem gewesen; man sollte sich von der eigenen Familie für so lange Zeit nur dann entfernen, wenn man wirklich am Ende ist, und vielleicht nicht einmal dann (aber hätte ich auf meine Abreise verzichtet, wenn ich da schon gewusst hätte, dass ich jene Tage der reinen Illusion so teuer bezahlen würde, jenen Traum, der jetzt gerade in meinem Leben wieder auftaucht wie ein verspäteter Frühling?). Lisaweta jedoch schien keinerlei Vorwarnung bezüglich ihres persönlichen Schicksals wahrzunehmen, noch schien sie bereit, mich an ihren Problemen teilhaben zu lassen; sie ist Mutter einer zweijährigen Tochter, die bei den Großeltern lebt und die sie seit fünfzehn Monaten nicht mehr gesehen hat, ohne jedoch eine Rückkehr zu planen; aber es war offensichtlich, dass sie nicht darüber sprechen wollte, denn sie reagierte sofort abweisend. Außerdem nahm ihre Aufmerksamkeit immer mehr ab. Zwar war sie interessiert, schien aber sehr müde zu sein. Und doch, ganz plötzlich, als ich gerade beschlossen hatte, das Erzählen einzustellen, kam wieder Leben in sie; ihr volles Gesicht fing an zu strahlen, und sie wirkte wieder ganz wach.

„Heute bin ich jedenfalls richtig froh“, sagte sie, „es gibt da ein neues Gesetz, nach dem Migranten ohne Papiere nachträglich ihren Aufenthalt legalisieren können, und Mariangelas Bruder hat mir gestern endlich gesagt, dass er bereit ist, für das Verfahren zu bezahlen.“

„Du bist immer noch illegal?“, fragte ich und sah sie an. „Deshalb kannst du nicht zurück zu deiner Tochter…“ Aber da war sie schon wieder in Schweigen verfallen. Ich hätte sie gern noch weiter befragt, um zu verstehen, was sie daran gehindert hatte, ihren Status zu legalisieren (mit den Jahren ist das immer schwieriger geworden, weswegen viele von uns – und das war schon so, als ich hier war – im Verborgenen lebten), aber sie zog das Kissen zu sich herunter und streckte sich aus, wobei sie mir den Rücken zukehrte. Im Dunkeln sah ich ihre runde Silhouette unter der Decke und ihr langes Mädchenhaar.

„Lisaweta, gefällt es dir hier?“, fragte ich sie trotzdem noch, während ich mich selbst auch hinlegte.

„Ja“, antwortete sie, „aber ich verstehe das nicht, es ist so ein schönes und reiches Land, sie haben Olivenbäume, Wein, Berge und Meer, aber es gibt keine Arbeit. Das heißt wohl, sie machen irgendetwas falsch…“

„Würdest du für immer hier bleiben, wenn die Lage anders wäre und wenn in deinem Land niemand auf dich warten würde?“, fragte ich.

„Ich glaube nicht“, gab sie zur Antwort.

„Warum nicht?“

„Weil mir das Land, in dem ich geboren bin, besser gefällt; ich würde nur gerne in einer größeren Stadt leben.“

„Ich könnte genauso gut bleiben“, sagte ich, „jetzt würde mich nichts mehr daran hindern, wenn sich die Gelegenheit dazu ergäbe und ich die Möglichkeit hätte, in Würde und ohne allzu viele Unannehmlichkeiten hier zu leben.“ Aber Lisaweta hatte nicht mehr die Absicht, mir zu antworten; sie konnte dem Schlaf nicht mehr widerstehen, am nächsten Tag würde sie sich um wichtige Unterlagen für ihr weiteres Leben kümmern müssen, und meine widersprüchlichen Gefühle und mein langer Bericht hatten sie gewiss ermüdet. Also wickelte auch ich mich in meine Decke, beobachtete weiter die immer seltener werdenden Lichtbündel, die über den Schrank, die Kommode aus dunklem Nussbaum und durch die Zimmerecken streiften, und lauschte Lisawetas Atemzügen und dem Knarren des alten Hauses. Mit der Zeit war die Erinnerung an die mit Mariangela verbrachten Monate vom Gewicht der darauffolgenden Ereignisse erdrückt worden, aber gestern Abend verschaffte sich dieser Ort wieder Gehör, weckte in mir verschwommene Gefühle der Melancholie und nachträglichen Einsicht; die Rosshaarmatratze, die Bettwäsche aus altem Leinen, die abgestandene, eingeschlossene Luft, das Hin- und Herhuschen des Lichts ließen in meinem Geist die Tage des Exils wieder erstehen, die ich mit Entschlossenheit gemeistert hatte, aber auch verzweifelte Nächte. Und obgleich jene unglücklichen Tage in der Erinnerung dadurch versüßt wurden, dass sie mir trotz allem auch außergewöhnliche Momente ermöglicht hatten, verstärkte sich in mir das sichere Gefühl, dass ich dafür irgendeine Art Entschädigung verdiente.

II

Nur zu gut kenne ich dieses spärliche, diffuse Licht, das oben von der Fensterfront des letzten Treppenabsatzes auf die unregelmäßigen, ausgetretenen Steinstufen fällt, die zur Fakultät für Sprachen führen; es gab eine Zeit, in der es fast eine liebe Gewohnheit war, diese Treppen im Halbdunkel hinaufzusteigen, und eigentlich sollte mich das berühren, aber irgendetwas lässt mich nun in Bezug auf die Vergangenheit zerstreut reagieren. Trotz des Fließens der Erinnerungen, dem ich mich gestern Abend mit Lisaweta hingegeben habe, ist meine Stimmung heute Morgen vollständig auf die Gegenwart gerichtet; in der klaren Morgenluft bin ich die wohlbekannte Hauptstraße entlanggelaufen mit quasi pionierhafter Entschlossenheit.

Auch das schwere, alte Eingangstor, das sich nur langsam öffnet, ist mir wohlbekannt, ebenso der lange, ehrwürdige Korridor, auf dem die Büros der Professoren liegen, und hinter einer Glaswand die Bibliothek, die um diese Zeit wahrscheinlich noch geschlossen hat. Esther dürfte bald auftauchen. Das Institut ist verlassen, aber die angelehnte Bürotür zeigt, dass der Professor, wie zu erwarten, bereits da ist; außerdem nehme ich ganz deutlich den Geruch seines Zigarettenrauches wahr. Tatsächlich sitzt Giulio De Felice an seinem Tisch im halbdunklen Zimmer; ohne von mir zu wissen, ist er inwendig in düstere Gedanken vertieft; als er mich hört, hebt er den Blick und scheint für einen Augenblick verwirrt. Als ich ihn kennenlernte, saß er ungefähr in derselben Haltung da. Er steht auf, kommt auf mich zu und schüttelt mir mit Wärme die Hand. Er trägt einen grauen Anzug, sein Erscheinungsbild ist elegant und gepflegt. Ich bin die erste unter den Besuchern, die er erwartet, und er wundert sich, dass ich schon so früh gekommen bin. Er führt mich zu seinem Tisch; jetzt wirkt er schwungvoller, sehr herzlich, und zeigt das fröhliche Gebaren seiner guten Momente.

„Sie sehen gut aus", sagt er, während wir uns setzen, mit dem galanten Spott, den ich ebenfalls sehr gut kenne, „ich finde, Sie sehen weniger müde aus, Sie wirken nicht mehr wie eine *badante*, sondern wie eine junge *professoressa*."

„Ich habe also ausgesehen wie eine alte *badante*?" Ich strenge mich an, ihm standzuhalten, kann aber nur mit Mühe meine Aufregung verbergen. Ich rücke meine Tasche auf dem Schoß zurecht und versuche, die Schultern aufzurichten; für einen kurzen Moment schießt mir die Erinnerung an die ungestörte Ruhe meines Büros durch den Kopf, an die vielen Hefte, die sich im grauen Licht auf meinem Schreibtisch stapelten. „Ich bin eigentlich schon gestern Abend gekommen und habe im Haus der Alten übernachtet, bei der ich damals gearbeitet habe. Sie hat mich aufgenommen, da ja sonst keiner da war, der mich mit offenen Armen empfangen hätte..."

„Sagen Sie nächstes Mal Bescheid", sagt er, „teilen Sie mir mit, dass Sie kommen, und ich werde Sie mit einem Blumenstrauß empfangen..." So ist er. Die Ironie trifft ihn niemals unvorbereitet. Aber was ist denn los mit ihm? Auch er ist gealtert. Seine hellen Augen sind angestrengt und kleiner geworden. Sein Gesicht ist mit Sicherheit noch hagerer, als es schon damals war; vor allem aber gibt es in seinem Blick und in dem ausgemergelten Teil des Gesichts zwischen den hervorstehenden Wangenknochen und seinem Mund, trotz des zur Schau gestellten Überschwangs, eine neue Andeutung, das Flimmern eines seinerzeit undenkbaren Hangs zur Milde; irgendetwas ist ganz sicher geschehen, auch sein Haar ist schütterer geworden. Mit einem Mal scheint mir dieses Büro, das ich damals so geliebt habe, eine Welt zu sein, mit der es zu Ende geht. Ich sehe mich um, erkenne meinen Tisch wieder, auf den wie immer staubiges Licht durch die halbgeschlossenen Fensterläden fällt.

„Und *dottor* Salvi?", frage ich.

„Schon wieder fortgeflogen", gibt er zur Antwort. Ich verstehe nicht. „Er hat ohne Rücksicht auf Verluste seine Karriere vorangetrieben und ist jetzt an einer anderen Universität, wo er sich als großer Herr aufspielt."

„Dafür schien er gar nicht der Typ zu sein."

„Er ist ein Opportunist", sagt er entschieden – jetzt ist er wieder ganz er selbst, der erboste Blick seiner unanfechtbaren Urteile macht ihn wieder jünger, und ich weiß ganz sicher, dass er zu einer langen Litanei anheben wird über den weiteren Verrat, den er erdulden musste in diesem Sumpf von Universität; er wird lange darüber sprechen und damit unsere gesamte Zeit verbrauchen, obwohl wir uns seit acht Jahren nicht gesehen haben und die wichtigen Dinge unseres Lebens – alles, was zwischen uns in der Schwebe geblieben ist, und die vorhersehbare Verschlechterung unseres jeweiligen Einsamkeitszustands – noch nicht einmal gestreift wurden, und es ist zu erwarten, dass sie wegen der Kürze meines neuerlichen Aufenthaltes (ich werde in zwei Tagen wieder abreisen, direkt nach der Konferenz), auch ungesagt bleiben werden. Aber schon hören wir Schritte auf dem Korridor, das schleppende Geräusch eines offenbar schweren und kurzatmigen Körpers. De Felice erhebt sich begeistert, um dem neuen Besucher entgegenzugehen, der an der Tür aufgetaucht ist. Ich wende mich um und stehe dabei ebenfalls auf. Es handelt sich um einen alten Mann, den ich nicht glaube bereits kennengelernt zu haben. Er bleibt an der Tür stehen, drückt eilig De Felices Hand und nickt dabei heftig; es bleibt bei wenigen Höflichkeiten, denn er ist sichtlich eingenommen von einem Gedanken, welchen er mit der Aphasie eines Asthmatikers sogleich und unvermittelt zur Sprache bringt, noch bevor die beiden Herren Zeit haben, sich dem Schreibtisch zu nähern und die erforderliche Vorstellung durchzuführen.

„Es ist gerade gestern bekannt geworden..."

„Also?"

„Er hat es nicht geschafft. Eigenbeschuss, ohne Zweifel... man darf keinem trauen... nie... wie du selbst am besten weißt..."

Es ist mir nicht ganz klar, aber die Rede ist wohl von einer erbitterten Auseinandersetzung um die Einstellung eines wissenschaftlichen Mitarbeiters, den sie beide kennen; De Felice zündet sich eine Zigarette an, hört offensichtlich interessiert zu; ich weiß schon jetzt, dass er sich kopfüber in die Angelegenheit hineinstürzen wird. Ich schaue mich um: das Halbdunkel und das trübe Licht, das den Staub auf den erlesenen Möbeln sichtbar macht, die Luft, in der der Geruch von Rauch und Leder hängt, und dann das Leben, das sich durch die gedämpften Geräusche jenseits der halbgeschlossenen Fensterläden erahnen lässt – all das gefällt mir und tröstet mich wegen seiner Beziehung zur Vergangenheit. Wenn ich es recht bedenke, erscheint mir dieser Ort, verglichen mit der trostlosen Leere meines eigenen schmucklosen und schlichten Büros, genau wegen dieses Gefühls der Sättigung und der Endzeitstimmung, von dem er durchtränkt ist, wie aufgeladen mit bedeutungsvoller Menschlichkeit. Ich würde mich gerne an meinen ehemaligen Tisch setzen, sein glänzendes Holz streicheln, Ordnung machen, wie damals an den Abenden voller Erschöpfung, wenn ich nichts mehr zu tun fand, da ich in meiner Veranstaltung bereits alles gegeben hatte. Ich würde gerne die Zeit haben, mich wieder hier einzugewöhnen und dieses Gefühl beinahe von Vertrautheit wiederzufinden, das vor acht Jahren eine andere Frau aus mir gemacht hatte, aber jetzt empfinde ich ein wenig Verlegenheit, weil der neue Besucher mich weiterhin ignoriert.

„Ich gehe für ein paar Minuten weg", sage ich und gehe auf die beiden zu, „ich möchte Esther begrüßen." De Felice sieht mich an. Er scheint von meinen Worten keine Notiz zu nehmen, so vollständig wird er von dem anderen Gespräch beansprucht; sein Kollege betrachtet mich mit Desinteresse, sein innerer Blick verloren in den komplizierten Windungen der eigenen Argumentation; er wartet, dass meine Aufdringlichkeit sich schnell verflüchtigen möge. De Felice denkt nicht im Entferntesten daran, uns einander vorzustellen, wie es der Anstand gebieten würde. Auch er verfolgt irgendeinen eigenen Gedanken.

„Warten Sie“, sagt er schließlich zu mir. Das Problem sei, dass er das Institut verlassen müsse, um sich um die ankommenden Referenten zu kümmern, daher wäre es hilfreich für ihn, wenn ich ihn bei seiner Vorlesung vertreten würde, ob das denn möglich sei.

So kommt es, dass ich wieder in die hellen Räume dieses Gebäudes zurückkehre. Die Studenten sitzen bereits da, ich bleibe stehen, stütze mich ein wenig auf das Pult auf, warte noch auf eventuelle Nachzügler und nehme mir etwas Zeit; ich werde gezwungen sein, mich selbst vorzustellen, da De Felice sich nicht die Mühe gemacht hat, mich zu begleiten. Ich werde mich als ehemalige Mitarbeiterin des Instituts einführen, ich wüsste nicht, was ich sonst sagen sollte, aber vermutlich wird das die Studenten ohnehin nicht besonders interessieren. Inzwischen habe ich Esther wieder herzlich umarmt, die mich empfing, als wäre ich der Mensch auf der Welt, den wiederzusehen sie sich am meisten wünschte; sie hat ein paar Kilo zugenommen und wirkt in ihrer langen, weiten, schlammgrünen Bluse (die Farbe ihrer hellen Augen) noch mehr als damals wie die Herrin des Hauses und auf jeden Fall viel weniger wehrlos; wahrscheinlich hat sie gelernt, die aufreibenden Extravaganzen der Dozenten größtenteils einfach abzuschütteln. Wir hatten noch etwas Zeit, sie bestand darauf, mir einen Kaffee vom Automaten anzubieten; wenigstens sie kümmerte sich um das Minimum an Gastfreundlichkeit, das mir noch zustand. Sie sagte, De Felice sei sehr enttäuscht von den Intrigen des *dottor* Salvi und daher in jenen Tagen noch übellauniger gewesen als je zuvor; seine Wutausbrüche verbreiteten Angst und Schrecken; aber dann habe er sich beruhigt und sei in der letzten Zeit viel friedfertiger, man könne es sogar niedergeschlagen nennen, auch wenn er heute wegen der Konferenz euphorisch wirke. Der eigentliche Kummer De Felices sei jedoch Maddalena, die die Stadt verlassen habe und nun definitiv mit dem Sohn zusammenlebe, anscheinend hat er deshalb eines Abends sogar bei Esther in der verlassenen Bibliothek geweint. Schließlich hatte ja auch ich in den Tagen nach dem Tod meines Mannes Esther mein trauerndes Herz ausgeschüttet. Aber dies sei auf jeden Fall das erste Mal gewesen, dass der Professor mit ihr über sein Privatleben gesprochen habe, und wahrscheinlich auch das letzte; er müsse wirklich sehr unter diesem endgültigen Verlassenwerden gelitten haben, habe aber auch nichts dafür unternommen, es zu verhindern; Maddalena wäre zu ihm zurückgekehrt, wenn er sie nur darum gebeten hätte. Esther hat sie kennengelernt, sie sei eine Frau, die sich im Bereuen der eigenen Lebensentscheidungen aufgerieben habe, eine außergewöhnliche Schönheit, aber nicht ausreichend gewürdigt und zu schwach gegenüber einem Mann vom Schlage De Felices; zwar sei stets sie es gewesen, die ihre Kontakte organisiert und abgestimmt habe, aber ihre pragmatische und überfürsorgliche Art habe in Wirklichkeit nur dazu gedient, ihre eigene Abhängigkeit und Angreifbarkeit zu überdecken (sie habe ihn für einen anderen verlassen, ein unverzeihlicher, endgültiger Fehler); nie habe sie es versäumt, an seinem Bett zu sitzen. Wenn er krank ist, wird De Felice umgänglicher, er kann dann zwar immer noch zornig werden, sich aber auch liebenswerter zeigen; für sie mussten das die besten Momente gewesen sein, und er ließ sie gewähren, jedenfalls vorläufig. Diese Geschichte macht mich betroffen, und ich frage mich, wie es sein kann, dass sich Esther erst heute, bei unserer flüchtigen Begegnung an der Ecke beim Kaffeeautomaten, mit dem Risiko, dass jemand uns hören konnte, zu solchen Enthüllungen entschlossen hat… allerdings war sie schon immer ein wenig leichtsinnig. Wahrscheinlich haben die Tränen eines solchen Mannes sie so gerührt, dass sie ihn, denke ich, schließlich liebgewonnen hat.

Wie auch immer, jetzt vor diesen Studenten bin ich ziemlich

guter Dinge und stelle mich deshalb, nachdem niemand mehr zu kommen scheint und alle dasitzen und warten, mit wenigen, leicht ironischen Worten vor, um dann mit meinen Erläuterungen zu beginnen.

„Für den italienischen Erzähler ist Tschechows Schreiben mehr eine Wunschvorstellung als ein Vorbild", sage ich, „eigentlich basiert jegliche Tendenz zum nicht-formalen Erzählen in der einen oder anderen Weise auf Tschechow; Tschechows Werk stimmt den italienischen Schriftsteller auf eine Kunst ein, die frei ist von sekundären Absichtlichkeiten – wie formalen Experimenten, literarischen Ausschmückungen oder Belehrungen jeglicher Art –, eine Kunst, die man mit einem vielleicht etwas zu allgemein gefassten Begriff authentisch nennen könnte." Ich stelle fest, dass ich ganz mühelos spreche und mit einer gewissen Flüssigkeit im Ausdruck, so als hätte ich das in all den Jahren immer weiter getan, dabei habe ich in dieser Zeit vor allem geschwiegen: bei der Arbeit, zu Hause – am Institut für Russische Sprache und Kultur bin ich mittlerweile mehr eine Sekretärin als irgendetwas anderes, eine Sachbearbeiterin für die Didaktik-Abteilung; ich erledige die gesamte Verwaltung der Dozenten am Institut; zu Hause lebe ich allein, treffe fast niemanden (acht Jahre leerer Einsamkeit und des Wartens auf eine „Illusion". *Wenn man kein wirkliches Leben hat...*)

Aber jetzt spreche ich ganz unbefangen und fasse den grundsätzlichen Inhalt dessen zusammen, was morgen Thema meines Vortrags sein wird, wobei ich hier sämtliche Aspekte erläutere, die ich bei der Konferenz wegen der zeitlichen Begrenzung notwendigerweise weglassen werde. Im Grunde ist es jedoch nichts anderes als ein Wiederaufgreifen des Essays, den ich vor Jahren in eben diesem Gebäude verfasst habe, eine echte Apotheose des Anachronismus in Bezug auf mein Leben, aber Arbeiten dieser Art haben die gute Eigenschaft, so zeitlos zu sein, dass sie in jede Saison passen. „Wenn Sie nicht über das reden wollen, worüber dann?", hatte De Felice am Telefon gesagt. „Ich wette, danach haben Sie nur noch Strümpfe gestrickt." In der Tat war von Forschung nicht mehr die Rede gewesen, von Stricken allerdings auch nicht, um die Wahrheit zu sagen. Aber warum hat er mich überhaupt angerufen? Eine Forschungskonferenz zu Tschechow, sage ich zu mir selbst, hat wohl die einzigartige Erinnerung an mich wiedererweckt, und so hat er sich in den Kopf gesetzt, mich einzuladen. Ein Mann wie er braucht keine weiteren Begründungen: Wenn er eine Entscheidung getroffen hat, hält er es in der Regel nicht für notwendig, sie vor irgendjemandem zu rechtfertigen.

Ich habe den Vortrag abends vorbereitet, in meiner einsamen Wohnung, beim trüben Licht der Neonröhre in der Küche, während vor dem Fenster der Winter gluckerte: Regen, Wind und schmelzender Schnee. Dabei empfand ich eine intensive Freude; für mich war dieses Forschen und Schreiben eine beträchtliche Abwechslung, die mich außerdem durch spontanes und ungeordnetes Assoziieren von Empfindungen, Vorhaben und Erwartungen in meine italienische Zeit zurückversetzte, welche trotz des dramatischen Ausgangs von meiner Erinnerung immer mehr mit sehnsuchtsvollen Elementen aufgeladen wurde. Selbst die Atmosphäre und der Rhythmus von Tschechows Erzählungen, die ich aufmerksam wiederlas, erzeugten bei mir Anwandlungen von Sehnsucht, die fast gar nichts mehr mit den Inhalten der Erzählungen zu tun hatten, da sie mein Interesse nicht auf eine weit entfernte, verlorene, sondern auf eine noch junge Vergangenheit lenkten, die sich soeben wieder zurückmeldete. Denn es waren nicht die ukrainischen Tage meines verschwundenen Lebens, die mich jetzt interessierten, und auch nicht all das, was Tschechow über den unendlichen menschlichen Verlust und enttäuschte Erwartungen zu sagen hat, seine perfekte Erzählung von der Unerfülltheit der Schicksale; sondern dieses Sümmchen aus italienischen Tagen, die ich nun auf eine gewisse Art wieder zur Hand nehmen konnte, und für die jener Erzählrhythmus eine Art Tonspur gebildet hatte. *Bei Olga Iwanownas Hochzeit waren alle ihre engsten Freunde und Bekannten anwesend... Es lebt in Rußland ein hochverdienter Professor, namens Nikolai Stepanowitsch Soundso,, Geheimrat und Ritter ... Aus Gründen, die man jetzt nicht ausführlich darlegen kann, musste ich mich bei einem Petersburger Beamten namens Orlow als Diener verdingen. Er war etwa fünfunddreißig Jahre alt... Plötzlich war alles verschwunden. Die Schranke hob sich langsam. Maija Wassiljewna stieg zitternd und steif vor Kälte in den Wagen. Der Bahnwärter am Übergang zog die Mütze. „Wjasowje. Wir sind da." ... Was wird diese Zeit wohl bringen? Was wird uns in Zukunft erwarten? Und er dachte: „Kommt Zeit – kommt Rat."*

„Der Erzähler, der eine Prosa im Sinne Tschechows anstrebt, versucht den Rhythmus und die Modulation eines melancholischen, nach innen gewandten Schreibens zu finden, für die es in Italien keine Vorbilder aus dem 19. Jahrhundert in der Prosa gibt, sondern nur in der Lyrik...", erkläre ich. „Hören Sie sich das Ende der Erzählung an, die den Titel *In der Heimat* trägt; die Protagonistin hat beschlossen, einen Mann zu heiraten, den sie nicht liebt, und sich wieder an das Leben in ihrem Heimatdorf anzupassen, und dies sind ihre Überlegungen: *„Und wieder lief sie hinaus aufs Feld."* lese ich aus einer italienischen Ausgabe der Erzählungen, die ich mir bei Esther ausgeliehen habe. *„Und während sie so ziellos umherstreifte, beschloss sie, dass sie, wenn sie verheiratet sei, sich um die Hauswirtschaft kümmern, Kranke versorgen und Unterricht erteilen würde – sie würde all das tun, was die anderen Frauen in ihren Kreisen auch taten; und diese ständige Unzufriedenheit mit sich und den Menschen, diese Reihe grober Fehler, die sich wie ein Berg vor einem auftürmten, sobald man sich nach seiner Vergangenheit umschaute, würde sie als ihr wahres Leben betrachten, das ihr bestimmt war, und sie würde kein besseres erwarten... Ein besseres gab es ja auch nicht! Die wunderschöne Natur, die Wunschträume, die Musik waren das eine – das tatsächliche Leben aber war das andere. Offensichtlich existierten Glück und Wahrheit irgendwo außerhalb des Lebens... Man brauchte nicht zu leben, man brauchte nur mit dieser prachtvollen Steppe, die grenzenlos und gleichmütig war wie die Ewigkeit, mit ihren Far-*

ben, ihren Hünengräbern und ihrer Weite zu verschmelzen, dann wäre alles gut..." Ich klappe das Buch zu. „Natürlich müsste man den Originaltext lesen, aber sei's drum; jetzt versuchen Sie einmal zu überlegen, ob es etwas Ähnliches in der italienischen Literatur gibt, die Sie auf dem Gymnasium gelesen haben", fordere ich. Niemand reagiert; sie wirken aufmerksam, aber ich kann nicht erkennen, wie sehr das Thema sie interessiert und betrifft, mir scheint, dass bei ihnen eher ein fleißiges und diszipliniertes Bemühen vorherrscht. Inzwischen hat der windige Tag draußen vor den Fenstern des Hörsaals, jenseits der alten Ziegeln auf den sich überlagernden Dächern, die alle niedriger sind als das Universitätsgebäude, zwischen Antennen und Dachfenstern, dem Himmel ein blendendes Blau verliehen. Es gibt eine Wechselwirkung mit diesem Draußen, mein Vortrag holt dort draußen Luft, hinterlässt aber seinerseits etwas in jener malerischen Umgebung. Die Studenten wirken sehr jung, ihre Gesichtszüge überlagern sich wohl mit den Jahren, bei manch einem ist es so, als hätte ich ihn bereits gekannt, das Gesicht eines jungen Mannes mit Bürstenschnitt und gutmütigem Blick etwa erkenne ich vollständig wieder; ich könnte schwören, ihn bereits getroffen zu haben; und trotzdem scheint der Abstand zwischen diesen Studenten und mir sich vergrößert zu haben. Ich glaube nicht, dass das eine Frage des Alters ist – im Vergleich zu ihnen war ich damals wie heute eine reife Frau; es gibt da noch etwas anderes: Es ist möglich, dass ich etwas von meiner natürlichen Fähigkeit eingebüßt habe, mich in die Studenten einzufühlen; wahrscheinlich würde ich, wenn ich wieder Dozentin wäre, kühler mit ihnen umgehen. Im Grunde war De Felices Haltung sozusagen vorbeugend, denn seine fortwährend mürrische Art hat es ihm erlaubt, als Professor dem Zahn der Zeit zu widerstehen – wenn er denn überhaupt noch so griesgrämig ist, wie ich ihn in Erinnerung habe... ich bin mir nicht sicher... es gibt bei ihm ja eine neue Neigung; man darf nicht vergessen, dass er vor Esther geweint hat; die Jahre müssen wohl doch eine Bresche geschlagen haben, eine

Öffnung in Richtung Wohlwollen. Ich würde zu gerne sehen, wie sie mit ihm zurechtkommen, diese neuen, blutjungen Studenten, ich wäre neugierig, die praktischen Folgen jener Wandlung in seinem Innersten zu beobachten, aber unsere Begegnung heute Morgen war wirklich zu kurz, und auch sonst wird nicht viel Zeit zur Verfügung sein.

Ich mache eine Pause und lasse die Studenten ausruhen, stütze mich auf das marmorne Fenstersims; inzwischen stehen manche auf, andere sprechen miteinander; ich schaue durchs Fenster nach draußen und beobachte, wie sich die Tauben auf dem Rand der Dachrinne zanken; in Wirklichkeit fällt mir das alles gar nicht leicht, erst jetzt merke ich, dass ich vor Anstrengung ganz verschwitzt bin. In jedem Fall stelle ich in diesem für mich unerhörten Moment geistiger Tätigkeit fest, dass trotz des Anachronismus, der zeitlichen Begrenzung und der Unzulänglichkeit dieser beiden Stunden meines Unterrichts (und trotz gewisser Überzeugungen, die in mir gereift sind bezüglich der realen Möglichkeiten der Literatur, in irgendeiner Form auf die Geschicke des Menschen Einfluss zu nehmen) die intellektuelle Arbeit als solche und deren Übermittlung an eine Gruppe von Studenten für mich noch immer der Welt, die ich vor mir habe, einen Sinn verleihen.

Eine junge Frau kommt zu mir.

„Entschuldigen Sie“, sagt sie (sie hat ein schönes Lächeln und glänzende, gefühlvolle Augen), „es handelt sich zwar nicht um italienische Literatur; aber was denken Sie über den Einfluss Tschechows auf das Erzählwerk von Katherine Mansfield?“

„Kennen Sie diese Autorin?“, frage ich sie.

„Ich mag sie sehr“, antwortet die Studentin.

„Ich denke, aber das ist nur ein Eindruck, dass Tschechow für die Mansfield der Vergangenheit angehört, dass er für sie eher ein Vater ist als ein Meister.“

„Weil die Mansfield dem Modernismus nähersteht, oder?“, sagt sie und wird rot.

„Vielleicht“, sage ich lächelnd. „Und was gefällt Ihnen besonders an ihr?“, frage ich sie.

„Ich weiß nicht... ich glaube, ihre Sensibilität“, gibt sie zur Antwort.

III

Für jemanden wie mich, der immer bis zum Hals in der Welt der Bedürftigkeit und der mühevollen Arbeit gesteckt hat, ist es jedoch nicht einfach, sich davon eine Pause zu erlauben. Als ich die Sitzung beendet habe, wartet zu meiner Überraschung draußen vor dem Hörsaal, in einer Ecke des Korridors halb versteckt hinter einem hohen Karteischrank, Lisaweta auf mich. Ich sehe sie, während ich unter der Tür noch einigen Studenten, die mich aufgehalten haben, letzte Informationen zur Konferenz gebe; ihre Erscheinung im schrägen, diffusen Licht ist so unpassend und unerwartet, dass ich sie kaum wiedererkenne; sie steckt in einer dicken Jacke, die sie plump aussehen lässt und weder zu ihrem Körper noch zur Jahreszeit passt, so dass sie noch untersetzter wirkt als in der Wohnung; ihre Augen und ihr Gesicht sind rot vom Weinen; sie hat es geschafft, mich zu finden, wer weiß durch welche Anstrengungen, schon allein ihrer überaus spärlichen Italienischkenntnisse wegen. Sie ist seit über einem Jahr in Italien und hat noch kaum ein Wort gelernt; das hatte ich gestern bemerkt, als sie mit Mariangelas Bruder telefonierte. Sie hat ungeheure Mühe, zu sprechen und zu verstehen, sie schüttelt den Kopf, begreift nicht (andererseits kann sie von der Person, die sie betreuen muss, aber auch nicht viel lernen). Tatsächlich ist sie auch deshalb hergekommen. Sie erklärt mir, sie brauche jemanden, der ihr helfe, sich in der Stadt zurechtzufinden und zu kommunizieren. Der Professor ist wohl noch bei seinen Besuchern; er wird mit anderen Leuten über Dinge sprechen, die mich nicht betreffen; sein Büro ist jedenfalls abgeschlossen, und wenn alles gut geht, wird er von diesem Eindringen einer fremden Person nicht einmal etwas bemerken. Lisawetas Problem ist in der Tat recht dramatisch und eine Lösung dringend erforderlich. Um die Aufenthaltserlaubnis zu erhalten, von der sie gestern Abend sprach, benötige sie Papiere, die ihre Anwesenheit in Italien im Verlauf dieses Jahres belegen, also genau das, was es während all dieser Zeit zu vermeiden galt. Ohne diese Papiere werde sie die Aufenthaltserlaubnis nicht erhalten, und Mariangelas Bruder sei nicht bereit zu zahlen, ohne dass ihre Anerkennung gesichert sei. Der Alte habe zu lange gebraucht, um sich zu entschließen: die Frist für Antrag und Gebühr ende morgen, erklärt sie mir unter Tränen.

„Ich habe meine Tochter seit über einem Jahr nicht mehr gesehen", sagt sie; währenddessen treten ein paar Studenten aus dem Hörsaal und drehen sich nach ihr um. „War ich denn nicht gut zu Mariangela? Habe ich das nicht verdient?" Aber der Bruder der Hundertjährigen ist selbst weit über achtzig und nicht sehr wohlhabend. Sein Widerwille ist völlig verständlich; die aufzubringende Summe ist keine geringe; es ist nicht möglich, sie ohne jede Sicherheit einfach leichten Herzens zu überweisen, noch ist es einfach für ihn zu verstehen, was denn überhaupt zu tun ist. Das ist es in der Tat auch für mich nicht; wenn ein Gesetz derart widersinnig ist, kann man gar nicht anders, als verwirrt zu sein. „Ich habe ihm schon gesagt, dass ich einen Teil selbst bezahlen werden", fährt Lisaweta fort, während ich sie um die Schultern fasse, mit ihr den Korridor in Richtung Ausgang entlanggehe und dabei, um ehrlich zu sein, einige Verlegenheit empfinde wegen der Unordnung, die wir zwei benachteiligten Ausländerinnen an diesen Ort bringen. Esther, die uns über den Weg läuft, bietet Lisaweta Papiertaschentücher an und vermeidet dabei diskret, sie zu fragen, was denn passiert sei. Außerhalb des Instituts bleiben wir auf dem Absatz der breiten Treppe stehen; auch hier laufen hin und wieder Professoren und Studenten vorbei. Wir verkriechen uns in einer Ecke zwischen zwei kannelierten Halbsäulen. Eigentlich hat Lisaweta bereits einen Plan im Kopf und braucht nur eine Führerin und jemanden zum Übersetzen. Es geht darum, eine karitative Organisation zu finden, die bereit ist zu bestätigen (auch wenn dies nicht der Wahrheit entspricht), dass sie während ihres Aufenthaltes in Italien Zuwendungen erhalten habe. Sie hat bereits die Rechnung eines Wellness-Zentrums, in dem sie zu Kosmetikbehandlungen war, aber eine Freundin, die sich in der gleichen Lage befindet, hat ihr gesagt, eine karitative Organisation biete ihr bessere Erfolgsaussichten.

„Du warst in einem Wellness-Zentrum?“, frage ich; dieser Fall scheint mir ungewöhnlich zu sein. Schwierig, sie mir an einem solchen Ort vorzustellen, ganz abgesehen davon, dass solche Behandlungen kostspielig sind, wie ich vermute. Aber sie holt einen Umschlag aus ihrer ausgeblichenen und rissigen Kunstledertasche, zieht ein Blatt Papier hervor und zeigt es mir; wahrscheinlich möchte sie im Grunde ihres Herzens nur meine Bestätigung, dass alles richtig notiert ist. Vier Termine für Massagen und Aromatherapie, lese ich laut vor. Ich blicke sie voller Sympathie an. Sie jedoch faltet das Blatt wieder zusammen und steckt alles mit großer Ernsthaftigkeit und Sorgfalt wieder ein; bislang ist dies das einzige Dokument, das sie besitzt. Es ist besser, wenn wir jetzt hinausgehen und in Ruhe überlegen, was zu tun ist. Wir gehen die Treppe hinunter, sie mit unsicherem Schritt und schwerem Atem wegen ihres Übergewichts. Sie zeigt mir dabei wieder ihr zartes Profil wie von einem Kind, das ich letzte Nacht so anziehend fand, aber ihr Körper ist schwerfällig, und außerdem ist sie von einem einzigen Gedanken gefangengenommen, was sie etwas beschränkt erscheinen lässt. Dennoch bin ich zunehmend bestürzt und auch ein wenig empört über das, was man von ihr verlangt. Das sucht, milde ausgedrückt, seinesgleichen: Dieses Mädchen hat fünfzehn Monate Tag und Nacht eine Hundertjährige betreut, ihr tausendmal die Windel gewechselt, ihr Suppe gekocht und hineingelöffelt, nur die beiden ganz allein in einer alten Wohnung mit Möbeln aus der Vorkriegszeit; sie hat jede Nacht alleine verbracht, fünfzehn Monate lang, und ist über den von einem Lämpchen unter dem Heiligenbild nur schwach beleuchteten Flur auf die Toilette gegangen, begleitet vom beklemmenden Pfeifen des ersterbenden Atems ihrer Klientin; sie ist morgens aufgewacht mit keiner anderen Aussicht, als den ganzen Tag in dieser Wohnung zu sitzen, während ihre Tochter fern von ihr aufwächst; aber jetzt, da der Staat von ihr einen Beleg ihrer Existenz verlangt, während sie sich bis heute vor ihm verstecken musste wie eine Verbrecherin, kann sie lediglich ihre Anwesenheit in einer Art Vorzimmer zu *Tausendundeine Nacht* vorweisen, wo viermal, in kurzen Stunden der Freiheit, anmutige Fräulein sich um ihren nackten, molligen und verschwitzten Körper gekümmert haben. Ich willige ein, sie zu begleiten, wenn auch äußerst ungern. Während wir den Corso Matteotti entlanggehen, blicke ich voller Bedauern der schnellen Abfolge von Gebäuden und Gassen nach, zwischen denen ich an diesem leuchtend klaren Tag gerne glückselig herumspaziert wäre. Ich würde gern stehenbleiben und die Schaufenster betrachten, in ein Geschäft hineingehen und mit dem wenigen Geld, das ich besitze, eine Leichtigkeit wiedergewinnen, die mir in der Vergangenheit vorenthalten war. Außerdem werden De Felice und seine Besucher nicht mehr lange beschäftigt sein. Nicht dass ich Lust hätte, mich in einer Diskussion wie der heute Morgen mit dem asthmatischen Professor wiederzufinden; das Risiko, fehl am Platze zu sein, verfolgt mich auf Schritt und Tritt; aber warum bin ich denn sonst hier? Ich habe die Einladung mit Bangen angenommen, aber ohne Zögern, das war vor zwei Monaten; ich war im Büro, als ich den Anruf von De Felice entgegennahm, ich bedankte und verabschiedete mich, ungläubig, aber entschlossen; dann erhob ich mich von meinen Papieren und betrachtete durchs Fenster die wenigen Menschen, die auf der im Schatten liegenden Nebenstraße vorübergingen. Es war sehr kalt, und an den Straßenrändern lagen graue Schneehaufen: die lange Agonie unserer Stadt im Winter, wenn der Wind Schnee ankündigt oder schon von ihm gesättigt ist und die Flächen, welche sich zum

Fluss hin erstrecken, die Umfriedungen der Denkmäler oder die ewig dämmrigen Straßen durchzieht. Mein Vater arbeitete in einer Kooperative zur Verteilung von Lebensmitteln in einer Straße wie der, auf die mein Büro hinausgeht, einer Querstraße zur Petro-Sahaidatschnyj-Straße, zwanzig Minuten zu Fuß von unserer Wohnung im Schewtschenko-Bezirk entfernt, wo wir damals wohnten; ich ging ihn oft besuchen; einen Teil meiner Kindheit habe ich hinter dem Schaufenster der Kooperative verbracht. Normalerweise stürmten die Leute das Geschäft, und es gab lange Warteschlangen, aber manchmal kamen die Lieferungen nicht, und die Kunden mussten wieder gehen; mein Vater aber musste immer bis zum Abend bleiben; das waren langweilige Stunden, er trat dann neben mich, stützte sich mit einer Hand an der Scheibe ab, und wir blickten zusammen auf die Straße und auf den Schnee, der gegen das Schaufenster gepeitscht wurde, oder auf die Schneehaufen an den Straßenecken, die einfach nicht schmelzen wollten; ich erinnere mich an seinen geistesabwesenden Blick auf die Straße, an die Bewegung, mit der er auf die Uhr blickte, und an unsere enge Vertrautheit an jenen verschneiten Abenden. Der Winter in meinem Land endet nie; als ich den Anruf erhielt, war gerade die Zeit der Schneeschmelze; und trotzdem war, wie bei einem Tier im Frühling, in meinem Inneren bereits eine seltsame körperliche und gefühlsmäßige Wandlung im Gange, durch die ich mich wieder als Herrin über mein eigenes Leben fühlte. Ich betrachtete mein Büro und dann auf dem Heimweg die Straßen meiner Stadt und schließlich meine einsame Wohnung so, wie man Orte betrachtet, die man gerade für immer verlässt; erfüllt von einem Gefühl der Befreiung aß ich zu Abend, während draußen, jenseits der baufälligen und schmutzigen Grundstücksmauer, das stürmische Dunkel das Licht der Straßenbeleuchtung zum Flackern brachte; ich suchte nach meinen Arbeitsunterlagen, die ich in einem Ordner in einer Schublade in Katjas Zimmer aufbewahrte, und blätterte im viel zu schwachen Licht Notizen und Aufsätze durch, die ich in Italien gesammelt hatte, indem ich sie auf dem Boden ausbreitete, um herauszufinden, an welcher Stelle ich den Faden wieder aufnehmen konnte, den ich seit so langer Zeit nicht mehr verfolgt hatte. Da der Schrank schon einmal offenstand, nahm ich Stück für Stück auch gleich meine bescheidene Frühjahrsgarderobe in Augenschein, was mich mit Trostlosigkeit erfüllte. In den darauffolgenden Tagen lebte ich so, als wäre das Schlimmste in meinem Leben vorbei. Ich kaufte mir dieses Kostüm auf dem Schnäppchenmarkt, der jeden Sonntag am Fluss stattfindet; ich lief das windige Ufer entlang; der Dnjepr floss langsam und träge in seinem breiten Bett unter dem brechenden Eis; das war ein Spaziergang, den ich schon lange nicht mehr gemacht hatte. Ich ging bergauf bis an den Punkt, an dem sich die Aussicht auf den Fluss und auf die hohen Häuser der Stadt öffnet: Der Wind war scharf, und ich erinnerte mich ohne Schmerz und beinahe ohne Sehnsucht, aber mit einem tiefen Gefühl für die Schönheit des Lebens, an gewisse ähnliche Tage, größtenteils Sonntagvormittage, an denen mein Mann und ich eingehakt und mit Katja an der Hand hier entlanggegangen waren, an jenem Aussichtspunkt vorbei, gegenüber den Häusern, die auch damals nur spärlich vom noch unsicheren Licht der Morgensonne beleuchtet wurden, und dann auf dem Fußgängerstreifen der stark begangenen Panoramabrücke, die die beiden Teile der Stadt verbindet.

Auf der Piazza della Libertà ist es angenehm luftig; viele Studenten sitzen im Freien auf den Stufen der Kirche, die eine Seite des viereckigen Platzes einnimmt; das Turteln, Herumflattern und Gezänk der Tauben macht einen ganz benommen. Und das Sonnenlicht ist stark und klar, am Himmel wie auf den beleuchteten Abschnitten zwischen den Schatten der Gebäude. Lisaweta hat sich wieder beruhigt, und ihre Augen sind wieder klar; sie sind kirgisisch schmal und durchsichtig wie der Himmel. Sie ist fünfundzwanzig Jahre alt, ein Jahr jünger als meine Tochter. Ich könnte ihr gegenüber eine mütterliche Haltung einnehmen, mich beschleicht sogar der Gedanke, ich könnte mit ihr etwas von meiner Schuld gegenüber der Welt wiedergutmachen, von der Pflicht, die ich genau an demselben Ort vor Jahren unerledigt gelassen habe; es ist kein Zufall, dass dies genau hier geschieht, eine erfahrene Hand wägt die Schicksale gegeneinander ab. Aber neben Lisaweta fühle ich mich eher wie eine elegante, gebildete Frau; ich helfe ihr, weil sie mich darum bittet und wegen des Gebotes menschlicher Solidarität, aber eigentlich würde ich viel lieber etwas anderes tun. Wenn nicht schon früher, muss ich auf jeden Fall um sechzehn Uhr zum Auftakt der Konferenz im Audimax der Universität sein, deshalb dränge ich sie zur Eile.

IV

Alte und sehr intensive Erinnerungen gehen durch meine Seele hindurch, keine Ahnung, warum; jetzt, da ich die Absicht habe, mich von meiner Heimat zu befreien, und die vielen neuen Dinge, an die ich Anschluss suche, in mir arbeiten, fordert meine allerfernste Vergangenheit Gehör; während ich mit Lisaweta diese Treppe hinuntergehe, kommt mir erneut das Geschäft in den Sinn, in dem ich wartete, bis mein Vater seine Schicht beendet hatte, die verlassenen Straße, die ich erreichte, indem ich den Treppenweg von der Straße am Fluss hochrannte und dann die stille, baumbestandene Bratska-Straße entlanglief, und die Bewegung des Zeigefingers, mit dem mein Vater den Schürzenärmel zurückschob, um das Zifferblatt seiner Uhr freizulegen. All jene langweiligen Winternachmittage, während derer das allzu brave, verträumte Mädchen mit dem einfachen Gemüt im Laden hinter dem Schaufenster saß... Diese Orte sind nicht weit entfernt von dem Institut, an dem ich arbeite, ich sollte einmal wieder hingehen, um zu sehen, was sich verändert hat in so vielen Jahren. Inzwischen haben wir die Bushaltestelle an der Stadtmauer erreicht, setzen uns auf eine Bank mit Blick auf den Verkehr, der spärlich, regelmäßig und geordnet auf der breiten Einbahnstraße rund um die Stadtmauer vorbeizieht – das Caritas-Zentrum, hat man uns mitgeteilt, sei an den Stadtrand verlegt worden, ungefähr vier Kilometer von hier, zusammen mit dem Einwanderungsbüro des Polizeipräsidiums; der Bus kommt erst in einer Stunde. Die Linden schützen uns vor der noch hoch stehenden Nachmittagssonne, die Luft ist frisch und angenehm, und die Wiederbegegnung mit dem Klima dieses

Landes stärkt mich wie ein zärtliches Streicheln. Lisaweta ist schweigsam, sie verlässt sich darauf, dass ich ihr helfen werde, und wartet; sie schaut vor sich hin auf die vorüberfahrenden Autos und die Menschen, die bei Grün den Fußgängerüberweg nehmen, sporadisch und in kleinen Gruppen; ihre schöne weiße Gesichtshaut im Schattenspiel der Blätter ist jetzt entspannt in einem breiten Ausdruck des Friedens, der ihren Blick gelöster werden lässt, aber mit ihren dicklichen Händen hält sie die schäbige Handtasche in ihrem Schoß weiter fest umklammert. Ich habe jedoch nicht vor, sie zu begleiten; die Konferenz fängt gleich an, und obgleich mein Vortrag erst für morgen vorgesehen ist, habe ich nicht die Absicht, den Anfang zu versäumen; das versuche ich ihr mit sehr viel Taktgefühl zu erklären. Aber schon ändert sich ihr Gesichtsausdruck erneut und wird ernst und starr. Am liebsten möchte ich mit diesem Mädchen gar nichts zu tun haben. Ich insistiere und versuche ihr klarzumachen, dass es mir wirklich unmöglich ist, aber sie schüttelt den Kopf und wirkt trotz ihrer großen Abhängigkeit penetrant und gebieterisch in ihrer schweigenden Verdrießlichkeit. Sie muss zu ihrer Tochter, und ohne diese Aufenthaltserlaubnis wird alles schwierig und kompliziert. Sie wird trotzdem fahren, sage ich zu mir selbst, dann werden sie sie eben nicht wieder zurückkommen lassen. Besser so. Besser, wenn sie in ihrer Heimat bleibt und bei ihrer Tochter; von irgendetwas werden sie schon leben. „Ich kann dich nicht begleiten“, wiederhole ich, fühle mich aber, wie ich da so sitze, von einer plötzlichen Niedergeschlagenheit befallen, fast ist es ein Unwohlsein. „Sie werden dir dort schon helfen, sie sind ja für die Leute da, die in Schwierigkeiten sind“, sage ich, rühre mich aber trotzdem nicht; schon allein der Weg zurück zur Universität wird Zeit brauchen, ich werde ohnehin zu spät kommen; und um ehrlich zu sein, habe ich nicht einmal Lust, hinzugehen, mich ganz alleine unter den anderen Referenten wiederzufinden, die zweifelsohne allesamt bestens integriert, mit allem Recht der Welt dort anwesend und zudem in hohem Maße eingebildet sind.

Wie ich hier auf dieser Bank sitze in meinem zu engen Kostüm, das mir über die Beine hochgerutscht ist, kann ich mich unter den anderen Konferenzteilnehmern nur als eine mitleiderregende Gestalt sehen. Die ganze Situation ärgert mich und zieht mir zugleich den Magen zusammen. Unwillkürlich macht sich in mir das Gefühl breit, ich sollte eine Absage in Betracht ziehen, schon allein deshalb, weil ich mir sage, dass sich letzten Endes wohl ohnehin keine Chance mehr bieten wird, die mein Leben noch verbessern könnte, während Lisawetas Jugend immerhin noch ein wenig Spielraum für ein Eingreifen lässt.

„Wäre es nicht besser, wenn du für immer zu deiner Tochter zurückgehst?", frage ich sie.

„Wir sind zu arm", antwortet sie.

„Und dein Mann?", frage ich.

„Den gibt es nicht." So ist das; die Frauen in meinem Land müssen sich durchs Leben schlagen; in den meisten Fällen sind wir alleinstehend, und auch Lisaweta, so jung wie sie ist, entgeht diesem Schicksal nicht – sie hat geheiratet, als sie noch fast ein Kind war; ihr Mann war gewalttätig und Alkoholiker; sie hat sich scheiden lassen, wurde verlassen oder ist Witwe; trotzdem hängt das Gewicht der Kinder ihr am Hals, da niemand dem Vater Verpflichtungen abverlangt hat, sofern dieser überhaupt noch am Leben ist. Eines Tages hat sie die Tochter den Großeltern übergeben und sich durch das Fenster eines klapprigen Kleinbusses von ihr verabschiedet; dann ist sie Dutzende Stunden gereist, mit nur wenigen und kurzen Pausen, um nach Italien zu kommen. Sie hofft auf ein besseres Leben und opfert in der Zwischenzeit die eigene Jugend; sie gehört nicht zu denen, die in Italien unter anderem auch nach einem netten Mann suchen, um noch einmal neu anzufangen. Wir bleiben schweigend sitzen und blicken auf die Straße. Ein schmächtiger Singhalese kommt auf uns zu, er trägt einen sehr ordentlichen grauen Anzug, der für seinen zierlichen Körper ein wenig zu groß und zu weit ist; er fragt uns nach Informationen zu der Buslinie, auf die auch wir warten, denn auch er will zum Caritas-Zentrum; er hat einen kleinen Pappkoffer bei sich und ist wohl gerade angekommen, aber er versteht und spricht Italienisch. Er schaut uns lächelnd an, seine schwarzen Augen verraten Liebenswürdigkeit und Mitteilungsbedürfnis; er weiß nichts über diese Stadt, wird sich aber im Caritas-Zentrum mit einigen Bekannten treffen, die auf dem Land wohnen. Er bleibt unterwürfig stehen. Ich mache ihm Platz, und er setzt sich neben mich auf die Bank mit Blick auf die Straße; er hat einen scharfen Körpergeruch. Ich kenne das anfängliche Fremdheitsgefühl nur zu gut; auch ich hatte es in den ersten Tagen nicht einfach in dieser Stadt, trotz ihres unkompliziert angelegten öffentlichen Raumes und ihres angenehmen Klimas; vor allem deshalb, weil in jeglichem Austausch mit den Leuten ein Schatten von Zurückhaltung spürbar war und trotz meiner guten Sprachkenntnisse niemand ausführlicher mit mir redete: Sie fürchteten wohl, ich würde mir ihre Aufmerksamkeit zunutze machen wollen.

„Sie haben ein Verständnis von Gastfreundschaft wie Zerberus persönlich", sagte ich zu meiner Tochter, wobei ich versuchte, dem nicht allzu viel Gewicht beizumessen, aber sie machte sich trotzdem Sorgen – am Anfang nämlich verbarg ich nichts vor ihr. Damals rief ich sie immer aus einer Telefonzelle an, die ich zur Abendessenszeit stets frei vorfand; sie lag an der Hauptstraße von Mariangelas Viertel neben einer Ligusterhecke; die Abende waren hell; am anderen Ende der Leitung redete sie mit derselben nur bruchstückhaften Aufmerksamkeit, als würden wir uns beiläufig von Zimmer zu Zimmer unterhalten. Nichtsdestoweniger schien sich das gegenseitige tägliche Interesse damals noch natürlich zu ergeben, auch wenn ich nun zum ersten Mal seit ihrer Geburt eine Situation erlebte, an der sie nicht teilhatte. Dann hatte ich allmählich immer seltener angerufen: Bei kleinen alltäglichen Begebenheiten schien es mir nicht unbedingt notwendig zu sein, dass sie davon erfuhr, zumal sie sich auch weniger dafür interessierte… und außerdem kostete jeder Anruf Geld.

Was sie betraf, so war das überschwängliche Bedürfnis, von ihren Belangen zu erzählen, welches eine gewisse Phase ihrer Jugend gekennzeichnet hatte, schon seit einer guten Weile vergangen; es gab wohl noch Momente, in denen sie gesprächig war, aber ihr Erzählen verlief immer wenig zielgerichtet, sie ging das Thema sozusagen ein wenig von der Seite an, oft ohne auf den Punkt zu kommen, und im Übrigen hing ohnehin alles von ihren Launen ab. Mit einem Mal erinnere ich mich an jene Telefonate in der geschlossenen Telefonzelle, in der einsamen, duftenden Straße in Mariangelas Viertel zur Abendessenszeit, und mich überkommt die Bestürzung über die dabei vertanen Chancen. Ich erinnere mich, wie sie uns als Kind ständig aus dem Sommerlager anrief, um uns äußerst detailliert, wenn auch vage und unzusammenhängend über jene ersten Ferien zu berichten, die sie fern von uns verbrachte; mein Mann und ich sahen uns an, es ist Katja, sagten wir zueinander mit einem Blick, jedes Mal, wenn das Telefon läutete: „Ich"... sagte sie dann matt und wie geistesabwesend, „ich, also, mir geht es gut. Jetzt... gehen wir zum Mittagessen...", und schnell legte sie wieder auf. Es wäre besser gewesen, hätte ich sie weiterhin regelmäßig angerufen, mir keine Skrupel gemacht und mich stattdessen beharrlich an die Möglichkeiten geklammert, die mir zuzugestehen ihr damals noch nicht seltsam erschien. Es ist unvermeidlich: An diese Orte hier zurückzukehren, eröffnet erneut das Spiel mit der Reue, trotz aller guten Voraussetzungen, die ich in mir trage. Ich steige mit Lisaweta in den Bus und setze mich wie ein Roboter ans Fenster. Und sofort, wie es der Zufall will, fängt mein Mobiltelefon an zu klingeln; dieses Billiggerät, auf dem mich sonst nie jemand anruft; so gelingt es mir nur mit Mühe, es aus der Tasche zu ziehen und abzuheben.

„Was ist denn passiert?", fragt mich der Professor verdutzt.

„Mariangela, die alte Frau, bei der ich zu Gast bin, hatte eine Atemkrise", erfinde ich spontan, ohne nachzudenken.

„Na und?", sagt er. „Hier hat die Konferenz angefangen, die Grußworte sind schon vorbei, und wir sind beim ersten Referenten; kommen Sie sofort her und lassen Sie die Alte in Frieden ihren letzten Atemzug tun... Aber was ist denn das für ein Lärm?", und dann legt er auf, bevor ich weitere Lügenmärchen hinzufügen kann. Und ich weiß nicht, ob es vor allem der Effekt des Anrufs ist oder die ziemlich halsbrecherische Fahrweise des Busfahrers auf der kurvigen Vorstadtstraße, aber ich habe einen völlig aufgewühlten Magen und verspüre eine deutliche Abneigung gegen Lisaweta, als wir endlich auf einen trostlosen großen Platz aussteigen, gegenüber einem gewaltigen heruntergekommenen Gebäude, das inmitten der grünen, sonnenbeschienenen Landschaft wie ein altes verlassenes Gefängnis aussieht. Der ganze letzte Streckenabschnitt die steile gewundene Straße hinab, mit der hügeligen Landschaft jenseits der großen Eichen, die die Straße säumen, wäre eigentlich sehr schön gewesen, hätte ich ihn nur genießen können. Aber der Anruf hat mich doch in nicht geringem Maße aufgewühlt. Auch wenn alles gutgeht, werde ich nicht vor dem Ende des Programms für den ersten Tag auf der Konferenz eintreffen, könnte aber eventuell behaupten, ich wäre schon vorher dagewesen. Und doch entfernen sich die beiden Welten immer mehr voneinander; dieser weitläufige, unasphaltierte Platz, auf dem nur wenige parkende Autos stehen, könnte auch einer jener verwahrlosten Orte am Rande meiner Stadt sein, wäre da nicht dieses gleißende Licht. In dieser intensiven Beleuchtung wirkt der etwas krumm gewachsene Singhalese an meiner Seite, der in die Eindrücke des neuen Ortes vertieft ist, erschöpft und weniger jung, als er mir zuvor erschienen war: ein reifer Mann, der auf die Probe gestellt wird und bereits eine Lebensgeschichte hinter sich hat; während der ganzen Strecke hatte er jedoch interessiert hinausgeblickt und seinem Sitznachbarn Fragen gestellt. Von meinem Platz aus konnte ich sein feines, bartloses Profil sehen, während er aufmerksam aus dem Fenster auf die Außenbezirke, dann auf die einzelnen Gehöfte schaute, auf die Straßen und die mit den Namen der umliegenden Dörfer beschilderten Kreuzungen; er versuchte sich alles wie auf einer geistigen Karte einzuprägen, die ihm noch nützlich sein wird. Wir fragen ein junges Paar mit maghrebinischem Aussehen, das zügig läuft und sich hier auszukennen scheint, nach Informationen. Die beiden begleiten uns durch einen dunklen Gang bis zu einer Halle, einer Art leerem Lagerhaus. Das viel zu spärliche Licht fällt schräg von oben durch Fenster, klein wie Schießscharten, auf Männer, Frauen und Kinder, die vor einem Tisch Schlange stehen. Dahinter sind zwei junge Helfer zu erkennen, die Pakete verteilen; ein weiterer junger Mann sitzt vor einem Laptop; die Inschrift „Barmherzigkeit verändert das Leben" steht auf einem locker über ihren Köpfen hängenden roten Spruchband; entlang der rohen Mauern stehen aufgestapelte Kartons und Säcke, deren Gleichgewicht eher instabil wirkt. In dem großen Raum herrscht eine Stimmung der Abstumpfung und Unfreiwilligkeit, die vor allem von den Blicken der Menschen in der Schlange ausgeht. Unsicher bleiben wir kurz stehen, dann zeigt das Paar, das uns vergessen zu haben schien und sich bereits eingereiht hat, auf eine Bürotür in der Eingangshalle, wo wir mit jemandem werden sprechen können. Der Singhalese bleibt bei ihnen stehen und verabschiedet sich mit Händedruck von uns – seine Haut ist sehr glatt, trocken und kalt; er ist ein wohlerzogener Mann und zu Opfern bereit, aber voller Erwartung, ich hoffe, es wird ihm wohl ergehen.

In dem Büro arbeiten ein Priester und ein junger Mann an einem Tisch voller Papiere. Ich erkläre dem Priester, der uns freundlich empfangen hat, in groben Zügen die Situation: Sein Aussehen – groß, knochig, angespannt – und sein widerwilliger Blick geben jedoch zu verstehen, dass er wenig Zeit hat und ich mich beeilen soll; er ist liebenswürdig, aber die große Menge Arbeit macht ihn unaufmerksam; sofort fordert er den jungen Mann auf, die Bestätigung aufzusetzen. Mir geht das Herz auf. Auch dieser kleine Raum ist vollgestellt mit Kartons, aber luftiger und heller, da die Fenster auf den Hof hinausgehen. Der junge Mann setzt sich an den Computer, erfragt von Lisaweta Namen, Nachnamen und Geburtsdatum und tippt die Angaben ein.

„Sie ist nicht registriert", sagt er zu dem Priester, der wieder in seinen Papieren blättert.

„Warum ist sie nicht registriert?", fragt der Priester, hebt den Blick und sieht mich an.

„Ich war gerade dabei, Ihnen zu erklären", erwidere ich, „dass diese junge Dame noch nie hier war, um Pakete abzuholen, sie bräuchte aber trotzdem die Bestätigung, um ihre Anwesenheit in Italien in diesem Zeitraum zu belegen und so eine Aufenthaltserlaubnis zu erhalten."

„Das ist nicht möglich", sagt der Priester entschieden, wendet seinen Blick von uns ab und liest weiter in seinen Papieren. Seine Ablehnung lässt mich erstarren, ich weiß nicht mehr, was ich sagen soll, es scheint mir, als hätte ich um etwas Illegales gebeten, wofür ich mich schämen müsste, und doch insistiere ich weiter.

„Ich kann garantieren, dass sie in diesem Zeitraum tatsächlich hier war. Sie hat eine zweijährige Tochter, sie muss unbedingt zu ihr zurück", sage ich, und die Stimme bleibt mir im Halse stecken.

„Es ist nicht möglich", wiederholt der Geistliche ärgerlich und wendet sich anderen Dingen zu. Ich blicke zu Lisaweta, die wohl etwas mitbekommen hat und, wie ich es mittlerweile an ihr kenne, zum Ausdruck des Entsetzens Mund und Nase kraus zieht; wir schicken uns an zu gehen. Aber unter der Tür hält der Priester uns zurück. „*Signora*", sagt er zu mir, sein dunkler Blick ist jetzt fest und intensiv, „dies ist eine karitative Einrichtung; viele Menschen brauchen uns. Wir müssen im Rahmen der Legalität arbeiten, sonst wäre es zum Schaden eben derer, die uns um Hilfe bitten; wir müssen mit den Behörden ehrlich und glaubwürdig umgehen."

„Sie wissen doch selbst, dass diese Prozedur absurd ist", sage ich. Aber er sieht mich weiter an und denkt nach.

„Hier hinten, in dem anderen Trakt, sagt er, „befindet sich das Einwanderungsbüro des Polizeipräsidiums, deshalb sind wir hier daneben untergebracht..." Dann blickt er auf seine Uhr: „Sie haben noch eine halbe Stunde geöffnet, um halb sieben schließen hier alle Büros; beeilen Sie sich und fragen Sie nach Elena, sie ist eine gute Frau und wird Ihnen gewiss etwas raten können."

Eine weit offene Tür, die ein blendendes Lichtfeld in das Dunkel des Korridors wirft, führt auf einen sonnigen Innenhof; auf der anderen Seite ein weiteres Gebäude, identisch mit dem ersten und in ebenso schlechtem Zustand, als wäre es bereits vor langer Zeit verlassen worden, und auch dieses wie erschlagen vom Licht. Das Abendrot glüht noch auf dem Pflaster, ebenso auf der mit Schmierereien bedeckten Mauer des zweiten Gebäudes und auf den ans Geländer einer Rampe gelehnten jungen Farbigen. Diese führt zu einer weiteren Eisentür, welche ebenfalls weit offen steht; der Abend bildet lange Schatten neben unseren Körpern. Ich vermute, dass Lisaweta nicht richtig verstanden hat, was wir tun sollen, aber ich will ihr nichts erklären; erst will ich etwas Positives zu berichten haben; im Übrigen fragt sie ja auch nicht nach. In dem anderen Gebäude ist ein zweiter großer Raum, ebenfalls übervoll mit wartenden Menschen, zumindest auf den ersten Blick vor allem Afrikaner und Asiaten. Es bleibt keine Zeit mehr zum Warten, wenn die Büros um halb sieben schließen; also bahne ich mir einen Weg zu einer Tür auf der rechten Seite und klopfe an, ohne nachzudenken.

„Sie werden Sie ausschimpfen", sagt neben mir ein indisches Mädchen, das ich nicht bemerkt hatte, und macht dabei ein Zeichen der Missbilligung. „Sie kommen raus und schreien einen an, wenn man versucht zu klopfen. Ich bin schon seit Stunden hier. Sie haben uns herbestellt, mich und meine Mutter", (in der Tat steht neben ihr eine kleine, alte dunkelhäutige Frau im Sari, die mich verloren anschaut), „aber sie lassen uns nicht rein." Sie hat ein intelligentes und reifes Gesicht, obwohl sie noch sehr jung ist. Man hat die beiden herbestellt wegen der italienischen Staatsbürgerschaft, auf die sie seit zwölf Jahren warten; all die anderen dort drüben sind wegen der Fingerabdrücke gekommen, anders als sie beide sind jene erst seit kurzem hier. Die Wartezeit in diesem stinkenden, ungelüfteten Raum ist lang und nervenaufreibend. Ich unterhalte mich mit der jungen Inderin, für deren kleines, ausdrucksvolles Gesicht ich eine spontane Sympathie empfinde; sie ist nach Italien gekommen, als sie noch im Grundschulalter war, und hat vor, für immer hier zu bleiben… Auch ich würde das gerne, auch ich bin Ausländerin, sage ich zu ihr und denke dabei, dass auch ich mich möglicherweise dieser bürokratischen Prozedur werde unterziehen müssen, und dass es nicht einfach sein wird, die erforderliche Geduld aufzubringen. Aber da werden wir bereits streng von einer Frau angesprochen, die an die Tür gekommen ist.

„Ich muss mit *signora* Elena sprechen", sage ich zu ihr, und sie mustert mich etwas unsicher, da sie offensichtlich mein berufsmäßig wirkendes dunkles Kostüm bemerkt. „Ich bin Dozentin", füge ich hinzu, um ihre Vermutung zu bestätigen, „ich bin mit einer Freundin hier und müsste mit Elena sprechen." Man lässt mich eintreten. Lisaweta bleibt draußen; ich denke, sie fürchtet, dass man ihre Papiere verlangen könnte und damit alles herauskommen würde, dabei ist es ja genau dies, was wir versuchen zu beweisen: dass sie hier ist, und zwar schon länger. Die Umgebung ist tatsächlich alles andere als einladend. Ich soll in einem tristen Büro Platz nehmen, von dem man durch ein Fenster mit schmutzigen Scheiben auf einen Hinterhof blicken kann, der ebenfalls von der untergehenden Sonne erleuchtet ist; man lässt mich allein, und ich stütze auf dem schäbigen Schreibtisch meinen Kopf in die Hand. Mich um diese Sache zu kümmern, lastet mir wie ein Stein auf dem Herzen, ganz abgesehen von den Unannehmlichkeiten, die mir daraus erwachsen; in mir ist kein Platz für die Schwierigkeiten anderer; wenigstens das sollte man mir zugestehen: das Recht, nur an meine eigenen Probleme zu denken, die ja mehr als reichlich vorhanden sind. Der graue Resopaltisch ist mit Papieren bedeckt und voller Flecken; es steht auch eine Wasserflasche darauf, dazu ein paar Plastikbecher, aus denen bereits getrunken wurde, sie tragen

Spuren von Lippenstift und Getränken. Ich wäre jetzt nur zu gerne wieder in dem anderen, vornehmen und intimeren Büro, in dem ich heute Morgen nur wenige Minuten verbracht habe, gerne würde ich meinem Intellekt etwas Erleichterung gönnen und im Halbdunkel Bücher durchblättern; ich werde nicht noch ein weiteres Mal die Kraft haben, mich in eine solche Unternehmung hineinzustürzen, noch wird sich mir nochmals eine Möglichkeit bieten, einen Fuß in eine solche Umgebung zu setzen, wie sie nur wenigen vorbehalten ist, in einen Kreis denkender Menschen im Schutze von Rechten und Privilegien. Aber da kommt bereits Elena; sie ist blond, üppig, recht hübsch und sieht freundlich und überarbeitet aus, auch weil ihre sehr hellen Augen rot sind und tränen, und jung ist sie auch nicht mehr; sie setzt sich und gießt sich Wasser in einen der schmutzigen Becher, ich möchte sie davon abhalten, vielleicht hat sie dieser heruntergekommene Ort etwas abstumpfen lassen. Jedenfalls erkläre ich ihr mein Anliegen und stelle Fragen; die amtlichen Vorgaben würden streng eingehalten, sagt sie, daher sollten wir es ohne die passenden Bescheinigungen gar nicht erst versuchen, wir würden nur unnütze Ausgaben haben. Es seien echte, genau datierte Bestätigungen erforderlich. Die Rechnung des Wellness-Centers könnte durchgehen, aber es brauche noch weiteres; eine Bescheinigung der Caritas könnte entscheidend sein; oder Lisaweta müsse in ihren Papieren eine Arztrechnung finden oder einen Telefonvertrag... Aber Lisaweta hat sicher nichts von alledem, Lisaweta musste ja ein Jahr lang so tun, als gebe es sie gar nicht, sonst hätte man sie als Illegale in ihre Heimat zurückgeschickt... Doch dies scheint eine vernachlässigbare Tatsache zu sein, die offenbar niemandem wichtig ist. Elena nickt verständnisvoll, ihr tränender Blick ist sehr liebenswürdig, sie würde uns ja gerne helfen, wenn sie nur könnte, aber sie könne nicht. Ich bedanke mich und gehe. Die Einwanderer entfernen sich ebenfalls langsam; alle Schalter sind jetzt geschlossen; die junge Inderin winkt mir zum Abschied.

„Wir kommen morgen wieder“, ruft sie mir von weitem zu und

zuckt die Achseln; ihre Mutter folgt ihr wie ein Hündchen im Sari. Lisaweta ist nicht da. Erst draußen vor dem Gebäude taucht sie plötzlich auf, ich weiß nicht, woher. Mitten im Hof, um uns herum die Prozession der aufbrechenden Leute (auch sie werden morgen wiederkommen, wer weiß an wie vielen Tagen noch), stehen wir nun da und blicken uns an: Sie versucht herauszufinden, wie es gelaufen ist; ich nehme sie beiseite, wir setzen uns auf eine Treppenstufe, und ich erkläre ihr das wenige, was es zu erklären gibt. Sie hört mir zu, einen mutlosen Zug um den Mund und eine tiefe, düstere Traurigkeit in ihren schmalen Augen. Sie besitzt gar nichts, das arme Mädchen, keine Bescheinigung, nichts und noch einmal nichts. Wir stehen auf, und ich hake sie unter. Wir gehen auf den Ausgang zu, geschwächt und mit leerem Magen – erst jetzt bemerke ich, dass wir den ganzen Tag nichts gegessen haben. Draußen auf dem großen Parkplatz stehen keine Autos mehr, und vom Stadtbus keine Spur; viele von den anderen haben sich zu Fuß über die kurvige Straße mit den Eichen auf den Weg in die Stadt gemacht. Um uns herum, im nun ersterbenden Licht, ist der weite, ungepflasterte Platz nun leer. Ich löse mich aus ihrem Arm. Langsam gehen wir die Straße bergauf und lassen den großen, heruntergekommenen Gebäudekomplex hinter uns. Wir haben uns nicht viel zu sagen, gehen schweigend vor uns hin, sie ein paar Schritte hinter mir, während ich nicht anders kann, als die majestätische Landschaft rechts von uns, jenseits der Eichen, im Spiel der scharf umrissenen Schatten zu bewundern. Auf jeden Fall ist der erste Konferenztag mittlerweile zu Ende, damit finde ich mich ab und bin alles in allem einigermaßen ruhig; auch für Lisawetas Problem, so stellt es sich jedenfalls für mich dar, gibt es keine Lösung; eine einzige Bescheinigung ist zu wenig, um das riskante Verfahren in Gang zu setzen, und was man sonst noch tun könnte, will sich mir nicht erschließen; dann wird sie eben für immer zu ihrer Tochter zurückkehren, und vielleicht ist das tatsächlich auch besser so. Vor uns kommen die Einwanderer einzeln, paarweise oder in kleinen Gruppen auf der kurvigen Straße nur sehr langsam voran; es handelt sich hauptsächlich um junge Männer mit dunkler Haut und in Jeans, aber es sind auch Frauen dabei und ein paar Kinder; zwischen den Eichen und den Serpentinen kann ich auch Frauen im Sari erkennen und Männer im farbigen Kaftan, dazu auch westlich gekleidete, lebhafte Mädchen mit blonden Haaren... Elenas tränende Augen... Es muss etwas passieren. Ich drehe mich um und warte auf Lisaweta, die wegen ihres Übergewichts nur mühsam bergauf laufen kann. Ich bemühe mich also, neben ihr herzugehen.

„Bist du wirklich darauf angewiesen, in Italien zu arbeiten?“, frage ich sie, aber sie zieht die Nase kraus und antwortet nicht. „Würdest du vielleicht mal reden?“, sage ich verärgert. „Würdest du mir vielleicht den Grund verraten, warum wir hier sind? Ich denke, ich habe ein Recht darauf. Deinetwegen gehen mir Chancen verloren.“

„Meine Eltern haben Schulden“, antwortet sie, „meine Tochter und ich leben bei ihnen; meine Tochter könnte im Kinderheim enden, wenn ich ihnen nicht helfe.“ Ich betrachte sie. Von diesen Einrichtungen gibt es auch eine in meinem Bezirk: ein großer, grauer, flacher Kasten mit einer Reihe vergitterter Fenster, umgeben von einem Hof mit wenigen verdorrten Bäumen; in einer Ecke mit trockenem Gras stehen eine Rutsche und ein altes Karussell, auf denen an warmen Tagen die Kinder spielen; in der Tat ist es ein großes Unglück, wenn eines deiner Kinder dort landet. Ich hätte mich lieber umbringen lassen, als Katja dorthin zu schicken. Ich verstehe jedoch nicht, warum Lisaweta derart zurückhaltend ist, wenn sie über ihre Familie sprechen soll.

Auf der Höhe öffnet sich eine weitere, liebliche und weitläufige Senke mit unregelmäßig angeordneten hundertjährigen Olivenbäumen, die im abendlichen Grün zu schweben scheinen. Auf dem Rücken des anderen Hügels, vor dem Hintergrund der noch verschneiten Berge im Dunst, die Stadt mit ihren Türmen; das Gebäude, in dem das Institut für Sprachen untergebracht ist, müsste eines der höchsten sein, nicht weit von der Torre dell'Orologio, aber es fällt mir nicht leicht, es zu erkennen; ich meine, es gefunden zu haben, bin mir aber nicht sicher. Die ehrwürdige und vornehme Silhouette der kleinen historischen Stadt erinnert mich an die Möglichkeiten, die dieser Abend noch für mich bereithält; die Konferenzteilnehmer werden sich wohl gerade zum Abendessen wiedertreffen; hier jedoch scheint die Entfernung zu den anderen Menschen gewaltig zu sein, und auch unsere Weggefährten verschwinden nach und nach aus dem Blickfeld; uns umgibt eine offene Stille, während die Schatten länger werden. In der Abendstimmung duftet die Luft nach Minze und wilden Kräutern, die dicht neben einem kleinen Bach am feuchten Straßenrand wachsen... Hier noch einmal einen neuen Lebensabschnitt beginnen, mit der Illusion, dass das noch möglich sei auf der Schwelle zu meinen Fünfzigern, in Begeisterung leben, begründete Erwartungen hegen, der erstarrten Existenz ein paar noch verbliebene Möglichkeiten entreißen und diese weiterspinnen, dabei die Fesseln der Vergangenheit zerschlagen – kurzum: dafür sorgen, dass das Leben sein Versprechen an das Mädchen von damals hält, dessen Träume wahr werden zu lassen. Aber tatsächlich wüsste ich nicht, wie das gehen sollte; und selbst wenn heute etwas in dieser Richtung hätte geschehen können, dann ist die Gelegenheit mittlerweile verstrichen; morgen wird kaum noch Zeit sein, sich auch nur zu verabschieden. Und diese Straße hier scheint nicht enden zu wollen. Es gibt nur wenige Häuser in weiter Ferne, und auch die hintersten der Einwanderer sind schon viel weiter vorne als wir. Wir werden den letzten Abschnitt der Strecke zur Stadt im Dunkeln zurücklegen müssen, ganz allein, und das ist nicht sehr beruhigend. Ich bitte Lisaweta, ihre Schritte zu beschleunigen.

Als wir die ersten Häuser der Stadt erreichen, ist es bereits Nacht; inzwischen ist auch die Abendessenszeit vorüber. Wir gelangen nun in die Vorstadt aus einfachen Mietskasernen, zwischen denen noch ein paar alte, ärmliche Häuser davon zeugen, dass es sich hier einst um ein ländliches Gebiet handelte, welches vor einigen Jahrzehnten urbanisiert wurde; jedenfalls ist dies ein Teil der Stadt, der sich stark von Mariangelas historischem Viertel unterscheidet, und eine Gegend, die mir wegen ihrer Ähnlichkeit mit den Vorstädten meines Schicksals bekannt vorkommt. Wenige Laternen beleuchten die schmucklose Straße, eine Werkstatt hat noch geöffnet. Und wieder läutet mein Telefon. Diesmal weiß ich bereits nur zu gut, wer der Anrufer ist, und nehme mit zittriger Hand ab.

„*Signora*", De Felice wählt den harten und kategorischen Tonfall seiner schwärzesten Momente, „Sie haben Verpflichtungen im Rahmen dieser Konferenz; man hat Ihnen Reise und Unterkunft bezahlt. Haben Sie dies für andere Zwecke genutzt, die uns nicht bekannt sind, so sollten Sie nichtsdestoweniger die Güte haben, morgen um neun Uhr zu erscheinen. Ihr Vortrag eröffnet die erste Sitzungsperiode des Tages."

„Ich werde natürlich anwesend sein, *professore*", antworte ich traurig. Es folgt ein Augenblick der Stille; ich weiß nicht, was ich noch hinzufügen könnte; weitere Lügen zu erfinden ist nicht mehr angebracht, aber Erklärungen abzugeben ebenso wenig.

„Nina, was ist los? Was geschieht mit Ihnen?", fragt De Felice da in verändertem, jetzt sorgenvollem Ton.

„Nichts, *professore*, nichts Schlimmes", antworte ich, „morgen bin ich ganz sicher da."

„Nina, mit dem Essen dauert es hier noch eine Stunde, wenn Sie das schaffen... Ich jedenfalls könnte auf Sie warten..."

„Ich glaube nicht, dass ich es schaffe, *professore*, ich glaube nicht", sage ich bekümmert. Und er legt auf. Ich setze mich auf ein Mäuerchen am Straßenrand, Lisaweta setzt sich neben mich, und ihre dicken Finger umklammern wie immer die Tasche auf ihren Knien; in dieser dämmrigen Vorstadteinsamkeit zwischen den alten Mietshäusern mit ihren erleuchteten Fenstern, hinter denen die Familien vor kurzem ihr Abendessen beendet haben, gewinnt das tiefe Gefühl, dass eine Erlösung für mich unmöglich sein wird, die Oberhand über die Hoffnungen, die ich zuvor noch gehegt hatte. Ich lege meine Hand auf die meiner Gefährtin. Sie ist noch jung, für sie wird man schon noch etwas tun können, sage ich mir. „Morgen werden wir eine Lösung finden", versichere ich ihr, ich werde meine Freundin, die Bibliothekarin, bitten, dass sie dir eine falsche Bescheinigung ausstellt mit einem früheren Datum, mit der sie bestätigt, dass du einen Roman zum Lesen in der Bibliothek ausgeliehen hast. Ja, so machen wir es... Ein Werk von Nina Berberowa, *Erleichterung des Schicksals*, kennst du ihn? Kennst du die Autorin?"

„Ich lese Bücher auf meinem Laptop", gibt sie zur Antwort, anscheinend hat sie etwas Vertrauen gefasst. „Ich lade sie von einer Online-Bibliothek herunter, aber diese Autorin kenne ich nicht. Nein. *Erleichterung des Schicksals* habe ich nie gelesen", und dabei zieht sie ihre Hand zurück und legt sie wieder um die Tasche (ich bin nicht mehr als eine Hilfe für sie, ein Werkzeug; ich habe eine ferne Tochter, sie hat eine ferne Mutter und eine ferne Tochter, die sie um jeden Preis wiedersehen und beschützen will, es ist völlig klar, dass unsere Beziehung über das nicht hinausreichen kann). „Aber die Bestätigung von der karitativen Einrichtung wäre doch sicherer gewesen", sagt sie. Es ist Nacht, der Himmel über der Siedlung ist inzwischen ganz dunkel, und wir beide, die wir hier auf diesem rohen Mäuerchen sitzen, sind in dem ausgestorbenen Viertel die einzigen Menschen auf der Straße. Wir setzen unseren Weg fort. Im Grunde könnte ich De Felice durchaus noch treffen, wenn ich denn wollte; ich könnte die abgrundtiefe Distanz zwischen dieser Vorstadt und dem mondänen Abend überwinden, auf den ich mich eingestellt hatte, und versuchen, mich ein wenig abzulenken. Aber wir kommen so langsam voran, schweigend nebeneinander hergehend, und eigentlich bin ich sehr müde; wir erreichen die breite Fahrstraße entlang der Stadtmauer, dann den steilen Abstieg und schließlich die Straße, die sich trichterförmig durch die ärmlichen Häuser von Mariangelas Viertel zieht, und begegnen fast niemandem; dann stehen wir schließlich auf dem kleinen Platz. Hier endlich eine

Spur von Leben: Die Kirche des Heiligen Kreuzes ist noch offen, die Lichter brennen. Und so beschließe ich unvermittelt, mich an den Pfarrer zu wenden: Er begegnet Lisaweta doch täglich, da das Haus der Alten gleich hier gegenüber liegt, und könnte also erklären, ohne allzu sehr lügen zu müssen, dass er dem bedürftigen Mädchen ein Wohltätigkeitspaket übergeben habe. Auf dem stillen Platz und auf der kreisförmigen Kirchentreppe mit den alten, unregelmäßigen und holprigen Stufen wirkt die ruhige, ländliche und säkulare Heiligkeit des Ortes, die mich schon immer angezogen hat, in der Nacht noch ausdrucksvoller und wie in sich versunken; aber Lisaweta ist am Ende ihrer Kräfte, ich hätte ihr wenigstens etwas zu essen kaufen sollen, sie ist doch fast noch ein Kind. Die Kirche ist leer, aber die schwach beleuchteten Seitenschiffe riechen nach Weihrauch und Wachs, als sei kurz zuvor noch ein Gottesdienst abgehalten worden. In der Zeit meines Dienstes bei Mariangela und auch danach, als ich neben dem Laden wohnte, nur ein paar Schritte von hier, betrat ich gerne diese Kirche, setzte mich gewöhnlich in die letzte Bank, in der Kühle und im Schutze dieses soliden Bauwerks, und bewunderte die Flucht der Rundbögen und der dicken Säulen, die die Kirche in drei Schiffe unterteilen, sowie die Ikonostase mit dem großen Holzkruzifix darüber, in der Stille und dem trüben Licht, das hinter mir aus den Fensterrosen der Fassade hereindrang. Es ist ein eindrucksvoller Raum von majestätischer Nüchternheit; durch Restaurierungsarbeiten wurde sein Inneres in dessen ursprünglicher, unverputzter Gestalt wiederhergestellt. Dabei kamen kaum noch vorhandene Freskenteile zum Vorschein, hier und da Bruchstücke von Heiligen, von Pferden, von Martyriums- oder Triumphszenen, eine ganze, lebendige Welt, die in Fragmenten wieder ans Tageslicht drängt; besonders angetan hatte es mir der Rest eines Freskos auf einer der Säulen, der obere Teil eines Gesichts mit lebendigen Augen, nach dem ich mich auch jetzt gleich umschaue; ich gehe darauf zu; es ist ein schöner, flüchtiger Blick, wahrscheinlich der eines Jüngers Jesu, eingefangen in einer Menschenmenge. Wir durchqueren nun das Seitenschiff und erreichen die Sakristei, aber auch dort ist niemand; wir drücken eine alte Tür auf, gehen über einige Stufen nach oben, gelangen in einen großen Saal im Halbdunkel, an dessen Ende eine erleuchtete Glasscheibe zu sehen ist. Der Raum, in dem Tische und Stühle wahllos herumstehen, riecht intensiv: ungelüftet, nach Staub und verschwitzten Sportschuhen; ich stelle mir die Rufe der Kinder vor, die vielleicht noch vor kurzem hier drinnen waren; wir durchqueren ihn und klopfen an eine weitere Tür. Der Pfarrer fordert uns auf, einzutreten, seine Stimme ist leise und fragend. Hinter einem alten Schreibtisch voller Papiere und Kirchenbücher im kalten Schein einer Neonlampe sitzend, begrüßt er uns freundlich, wirkt aber etwas verwirrt und reibt sich, während er uns auffordert, Platz zu nehmen, die halbgeschlossenen Augen. Ich weiß nicht, ob er nur müde oder schon schläfrig ist; am wahrscheinlichsten ist jedoch, dass er über seinen Papieren eingenickt war. Aber nach und nach kommt er wieder zu sich und wendet sich uns interessiert und nahezu überschwänglich zu; er erinnert sich sehr gut an mich und meinen Umzug von Mariangelas Wohnung in den Supermarkt: „Das ist jetzt wohl so etwa drei bis vier Jahre her?"

„Acht, acht Jahre ist es her."

Von Lisaweta weiß er, dass sie eine kleine Tochter hat. Genau wegen dieses Kindes, erkläre ich ihm, sei es wichtig, dass sie ihre Aufenthaltserlaubnis erhalte, wofür sie eben eine Bescheinigung brauche, und ich male ihm die ganze Problematik aus, mit einiger Verlegenheit wegen meiner Bitte. Er jedoch lässt es sich nicht zweimal sagen, steht auf, überlässt mir seinen Platz, schiebt mir eine alte Schreibmaschine hin und lässt mich die Erklärung so formulieren, wie ich es für richtig halte. Ein solches Gerät habe ich seit Jahrzehnten nicht mehr gesehen, geschweige denn benutzt, es ist mir eine Freude, den Papierbogen einzuführen, ein zerknittertes, aber weißes Blatt, das der Pfarrer unter den vielen, mehr oder weniger beschriebenen und zerknüllten Papieren herausgefischt hat, die verstreut auf seinem äußerst unordentlichen Schreibtisch herumliegen, und auf diesen staubigen und schlecht geölten Tasten zu tippen. „Hiermit wird bestätigt, dass Lisaweta Michajlowa von dieser Pfarrei ein Paket mit Frauenkleidung in gutem Zustand erhalten hat, Datum (rückdatiert)... und Unterschrift..." Inzwischen hat der Pfarrer mit viel Mühe aus einer der Schreibtischschubladen einen Stempel hervorgekramt und mit ebensolcher Mühe auch das Stempelkissen aufgetrieben; er setzt Stempel und Unterschrift auf die Bescheinigung, ohne sie auch nur zu lesen; aus der Nähe geht von seinem Talar ein ähnlicher Geruch aus wie der seiner Kirche, nur noch durchdringender. Ich erhebe mich, überlasse ihm wieder seinen Stuhl und möchte mich, unser Blatt Papier in der Hand, bei ihm bedanken und uns verabschieden, aber er hat anscheinend Freude daran gefunden, sich zu unterhalten, und hält uns auf, indem er mich auffordert, mich noch einmal hinzusetzen. Dann nimmt er selbst wieder Platz, fragt Lisaweta nach Mariangelas Bruder, erzählt uns einige absonderliche Geschichten über ihre Familie, über die merkwürdige Nichte, die auch ich kennengelernt habe, und die er für eine „Verrückte" hält. Er redet ohne jegliche Hemmung, seine Augenschlitze sind noch kleiner geworden vor Vergnügen, denn auch Lisaweta, wenngleich ihr Italienisch gebrochen ist und sie, wie ich vermute, höchstens die Hälfte dessen versteht, was sie hört, beteiligt sich am Gespräch und berichtet kurzweilige Besonderheiten über die exzentrische Nichte Mariangelas. Offenkundig ist sie nun gelöst und in ihrem Element, von den Anspannungen des Tages ist in ihrem Gesicht nichts mehr zu bemerken. Sie sitzt etwas vorgebeugt und hat endlich ihre Handtasche an die Stuhllehne gehängt; ihre Haare fallen ihr in unordentlichen Strähnen aus dem halb aufgelösten Zopf, ihr Blick ist lebendig; sie imitiert die Frau, indem sie sich mit Gesten behilft, wo immer ihr keine Worte einfallen, wobei ihre Stimme spitz und schrill wird, ihre Bewegungen sind wie die eines Kindes. Wenn jemand von außen auf die Kirche schauen würde, sähe er ein Licht durch die Mattscheiben der gotischen Fensterfront hindurchscheinen, denn die Wand, welche diese Büroecke abtrennt, verläuft genau in deren Mitte. Ich betrachte die Fugen der Glasfenster hinter Lisawetas Profil und den schmiedeeisernen Fensterrahmen, der weiß ist von Staub; ringsum gibt es kein Eckchen, das sauber und ordentlich wäre – es ist ein Archiv aus staubbedeckten Registern und Veröffentlichungen, die von einem Pfarrer zum nächsten weitergegeben werden; ein Ort der Aufbewahrung und Verewigung von Material, dem keine bedeutsame Aufarbeitung mehr zuteil werden wird, das Leben in seinen Zyklen aus Geburten, Hochzeiten und Todesfällen. Dieser Pfarrer ist wirklich ein sonderbarer Mensch: Das Chaos seines Büros lässt auf die Nichtbeachtung jeglicher Regel schließen, auf eine natürliche Veranlagung für die wahre Essenz der Dinge, was, wie ich vermute, zugleich die Voraussetzung für seinen Glauben sein dürfte; ein herausragend wohltätiger und spontaner Geist, wie sich an Lisawetas Erleichterung ablesen lässt. Tatsächlich sind die beiden weiterhin fröhlich und auf der gleichen Wellenlänge, man könnte meinen, das Mädchen habe seine Sprachblockade überwunden, ich habe sie noch nie so gesprächig erlebt. Als wir endlich gehen, ist die Bescheinigung quasi in den Hintergrund gerückt, nichtsdestoweniger drücke ich voller Dankbarkeit die Hand des Pfarrers. Er begleitet uns an die Tür seines Büros und durch den dunklen großen Raum bis zur Sakristei und danach in die Kirche.

„Schauen Sie, hier“, sagt er und zeigt neben den Altar, auf eine im Vergleich zum Fußboden abgesenkte Fläche von einigen Quadratmetern, die sich bis unter ein mit einer eisernen Kette abgesperrtes Gewölbe, eine Art Krypta, erstreckt. „Als wir diesen Raum während der Restaurierungsarbeiten freigelegt haben, war er voll mit Knochen, Tausenden von Knochen. Hier darunter liegen Hunderte von Toten begraben. Wir leben hier mit den Toten zusammen. Gut so. Auf diese Weise laufen wir nicht Gefahr, zu vergessen. *Fui quod es, eris quod sum*“, sagt er fröhlich. Ich lächle ihn an und lächle immer noch, während ich mit Lisaweta durch das Seitenschiff weitergehe, bis seine klar umrissene, schlanke Silhouette im langen schwarzen Talar wieder in der Sakristei verschwindet. Aber im hinteren Teil der Kirche möchte Lisaweta noch einmal verweilen, schwer lässt sie sich in der letzten Bank auf die Knie sinken und stützt ihren Kopf auf die gefalteten Hände. Also knie auch ich mich hin, blicke auf den Altar und auf das Kreuz über der Ikonostase, das ein kleiner Scheinwerfer von unten anstrahlt, wodurch die Blässe und die verkrümmte Haltung des nackten Oberkörpers noch deutlicher hervortreten; die Krypta, deren Absperrkette neben dem Altar ich von hier aus sehen kann, lässt mich an die vielen Toten denken, die unter unseren Füßen liegen, wie uns der Pfarrer so freudig hat wissen lassen. In der wohlriechenden Dunkelheit und der gesammelten Stille denke ich an meine Lieben, an meinen Mann; in einer unserer Kirchen hätte ich jetzt ein Gebet für sie alle aufgeschrieben, auf dass der Herr ihnen Ruhe gebe *am Orte des Lichtes, der Wonne und der Erquickung, von welchem fliehet aller Schmerz, alle Trübsal und alles Seufzen…* ich hätte das Blatt zusammengefaltet und niedergelegt, um es den Gebeten des Priesters anzuvertrauen. Mechanisch wiederhole ich dieses rituelle Gebet; tatsächlich begleitet mich das Wissen, meinen Mann verloren zu haben, in jedem einzelnen Moment, aber ich sehe keine Knochen vor mir, wenn ich an ihn denke, und auch kein paradiesähnliches Jenseits, sondern den Menschen, der er war, so als ob sein Charakter, seine Entscheidungen, die Beziehung zu mir, bestimmte Worte, die wir zueinander sagten, und unsere angefangenen Gespräche in einer unsichtbaren, aber lebendigen und zugleich unerreichbaren Form fortdauerten, als Schmerz, aber zugleich auch als Gefühl der Reue und manchmal auch der Sanftheit, welches, so losgelöst von der Zeit und von den Dingen, wie sie mittlerweile sind, niemals enden kann. Mein Mann ist eigentlich noch voll und ganz hier, ich halte ihn in den irdischen Räumen des Leidens fest, so wie man in der Antike glaubte, dass es mit den armen Seelen geschehe, die kein Begräbnis erhalten haben. Dies sollte Katja wissen: dass unser gemeinsames Leben für mich weitergegangen ist; vielleicht wäre sie wohlwollender, hätte sie eine Ahnung davon, welch tiefer Einklang mich noch immer und für immer mit ihrem Vater verbindet. Tatsächlich kann ich mit all diesen Knochen und der Asche des Fleisches, das sie einst in Form aller möglichen Varianten kranker Körper umgeben hatte, nichts anfangen; ich habe eine lebendige Empfindung von der weichen, feuchten Haut meines Mannes über den Wangenknochen, dort, wo er keinen Bartwuchs hatte – manchmal strich ich mit einem Finger darüber; wenn ich ihn rasierte, kostete ich die Berührung dieses lebendigen und kindlichen Punktes, während er in tiefem Ernst gerade vor sich hin blickte. Uns blieben nur noch diese wenigen Formen der Berührung, und besonders für ihn dürfte die Erinnerung an unsere Jugend qualvoll gewesen sein, manchmal wischte ich seine Tränen ab, indem ich mit dem Finger seine tiefen Augenhöhlen entlangstrich... Genug, nun hat das Leben eine andere Wendung genommen, und ihn habe ich bei mir, wenn ich auf neue Dinge zugehe. Katja, ich weiß nicht, wie ich es dir sagen soll, aber wir sind nicht dafür gemacht, für immer zu leiden, was auch immer du mit deinem unerbittlichen Wesen darüber denken magst. Lisaweta ist aufgestanden.

„Was bedeuten die Worte, die der Pfarrer gesagt hat?“, fragt sie mich.

„Dass wir alle sterben werden“, gebe ich zur Antwort, stehe ebenfalls auf, während sie einen ironischen Gesichtsausdruck annimmt, als wolle sie Unheil abwenden. Dann faltet sie das Blatt zusammen, das sie noch in der Hand gehalten hatte, und steckt es in die Tasche. „Damit müsste ich es jetzt aber schaffen, oder?“, fragt sie mich.

„Ich würde wirklich sagen: ja“, antworte ich. Da lächelt sie und umarmt mich, und in ihrer Umarmung ist nichts Ergebenes oder Unterwürfiges. Wir gehen in die tiefe Nacht hinaus; hinter der bröckelnden Mauer und dem Dach des gegenüberliegenden

Hauses ist der beinahe volle Mond aufgegangen, der diesen schlichten und zeitlosen Ort erleuchtet, die Kirchentreppe, den kleinen Platz, die übrigen Häuser, die Tanne, deren Äste Mariangelas Hauswand und die Fenster im zweiten Stock berühren, wo die Läden unseres Zimmers noch immer angelehnt sind. Der Bruder der Alten wird wohl schon ungeduldig auf uns warten. Im Nachtwind hake ich Lisaweta lächelnd unter, und wir eilen ins Haus.

V

Ich habe die ganze Nacht im wachen Zustand verbracht. Obgleich ich sehr müde war, ging ich, als Lisaweta mit ihrem kindlichen Profil bereits fest eingeschlafen und Mariangelas pfeifender Atem in die Regelmäßigkeit des Schlafes übergegangen war, in die Küche, um meinen Vortrag noch einmal durchzulesen. Ich las ihn sogar mehrmals, korrigierte noch hier und da etwas; immer wieder nickte ich über den Blättern ein, fuhr dann wieder fort zu lesen und zu korrigieren, aber zusehends bemächtigte sich eine bittere Unruhe meines Magens, und die Phasen des Halbschlafes wurden immer wieder dadurch unterbrochen, dass ich vor Angst auffuhr; je weiter die Nacht voranschritt, desto weniger verstand ich, was ich las, es war nur eine Abfolge sorgfältig konstruierter Sätze in einer Abhandlung, die weder Anfang noch Ende zu besitzen schien. Stattdessen trat mir aber der Grund für meine Angst immer klarer vor Augen: Ich spielte mit dem Gedanken, doch nicht an der Konferenz teilzunehmen, und diese Entscheidung würde schwerwiegende Folgen haben – ich würde dem Professor gegenübertreten und in jedem Fall aus meiner eigenen Tasche die Universität entschädigen müssen. Mein Gehalt reicht mehr schlecht als recht für Miete und Essen, und wenn es mir gelingt, etwas auf die Seite zu legen, so ist dieses ach so langsam anwachsende Sümmchen mir teurer als mein Augenlicht, da ich nur dieses Katja werde geben können, wenn sie es je braucht. Und trotzdem stand es außer Frage, dass ich der Universität die Kosten meiner unnötigen Reise ersetzen musste. Selbstquälerisch haderte ich mit den Gründen für meine geplante Absage: einerseits mit meiner eigenen Unzulänglichkeit und anderseits – je mehr ich darüber nachdachte – mit dem Eindruck, dass die gesamte Konferenz, auch wegen meiner unpassenden Teilnahme, ohnehin nur eine Farce sei. Dann sagte ich mir, Katja in ihrer pragmatischen Art hätte mir ganz sicher nahegelegt, doch hinzugehen, und versucht, mich davon zu überzeugen, dass mein Vortrag nicht besser oder schlechter sein würde als die der anderen; im Übrigen würde ohnehin niemand weiter darauf achten, und in jedem Fall würde ich damit die Folgen einer Absage vermeiden können, die wesentlich unangenehmer sein würden. Also setzte ich mich wieder über meine Notizen, begutachtete meine Arbeit von neuem, und für eine kurze Zeit schien mir alles doch eine eigene Folgerichtigkeit und einen inneren Zusammenhang zu besitzen: nicht nur der Text, sondern auch mein Leben als solches, meine Leidenschaft für die Literatur, meine Studien, die Sitzung, die ich am vorigen Tag gehalten hatte, und die Willensstärke hinter meinem Engagement für die Wissenschaft, von welchem traurige Wechselfälle mich lange abgehalten hatten; aber dann stellte ich mir wieder vor, wie ich am Rednerpult stehen würde, eine arme, einfache Frau, die in dieser Umgebung und dem ganzen Szenario nichts verloren hatte und der jenes Gefühl der Zugehörigkeit völlig fern lag, das den asthmatischen Professor gestern so vernagelt und abweisend hatte erscheinen lassen. Und in welchem De Felice vollständig in seinem Element war. Also beschloss ich ein weiteres Mal, abzusagen, bis die Schwere des Schlafes den Sieg über meine Sinne davonzutragen begann, aber sobald ich zusammensackte, mich langsam erleichtert fühlte, und auch mein Magen sich dank der zunehmenden Schläfrigkeit zu erholen begann, überkam mich von neuem die Sorge wegen meiner Entscheidung, und ich fuhr abermals empor. So stand ich wieder auf und lief im Zimmer umher; das Mondlicht drang durch die halb geschlossenen Fensterläden herein und fiel auf die Küchenmöbel: Draußen herrschte eine große Stille. Eine sehr ruhige, eine Feennacht. Allein mir gelang es nicht, mich zu beruhigen, denn da gab es noch etwas, das über die konkrete

Situation hinausreichte, soviel war klar, und dieses verwies auf andere, wesentlich folgenreichere Entscheidungen.

Ich dachte an meine letzten Tage in Kiew zurück, bevor ich zu meiner Arbeit als Pflegerin aufgebrochen war; an den Samstagnachmittag, an dem Katja und ich zusammen in das unterirdische Einkaufszentrum in der Kreschtschatyk-Straße gegangen waren, um für mich etwas Anständiges zum Anziehen für Italien zu kaufen; wir gingen untergehakt, sie und ich, beschwingt von diesem Ausflug erst an die frische Frühlingsluft und dann in den unterirdischen Kaninchenbau mit seiner vertrauten Wärme und seinem wohlbekannten Geruch im Licht der Neonlampen. „Ich kann doch jetzt nicht fahren", hatte ich gedacht, während ich inmitten der aufeinandergestapelten Verpackungen jenes winzigen und unordentlichen, bis zur Decke mit Waren vollgestopften Geschäfts einen Blazer und eine gestreifte Baumwollhose vor dem Spiegel anprobierte und mich meine Tochter auf einem Hocker sitzend mit voller Aufmerksamkeit und Zustimmung betrachtete. „Kauf du dir etwas", hatte ich dann gesagt, während ich mich wieder umzog. „Ich brauche nichts." Wir waren sehr arm, und Katja war noch sparsamer als ich, aber an jenem Abend hatte sie sich in dem Schreibwarenladen neben dem Bekleidungsgeschäft ein kleines ledernes Notizbuch mit Blümchenmuster ausgesucht, das war mein Geschenk für sie. Und dann kam mir der Tag in den Sinn, an dem sie mich am Telefon aufgefordert hatte, in die Ukraine zurückzukehren. Darauf gefolgt war eine lange Nacht in meinem Bett im Nebenraum des Ladens. Durch die Tür mit den matten Scheiben, die das kleine Zimmer von dem daran angeschlossenen Geschäft trennte, warf die Anti-Mücken-Lampe blaue Reflexe auf die lackierten Wände, auf die Besen, Eimer und Putzlappen; das dreieckige Waschbecken in der Ecke tropfte; obwohl man mehrfach versucht hatte, es zu reparieren, hatte es nie aufgehört, undicht zu sein; das Tropfgeräusch ging mir auf die Nerven. Ich stand lange vor Sonnenaufgang auf und schrubbte heftig Theke, Regale und Fußboden – unter Tränen, denn am

Morgen wollte ich mit der Besitzerin sprechen und meine Abreise organisieren. Dann jedoch, beim ersten Tageslicht, war ich zu einem ursprünglichen Plan zurückgekehrt und hatte entschieden, noch abzuwarten.

Verglichen mit anderen Entschlüssen aus meiner Vergangenheit ist die Frage, ob ich zu der Konferenz gehen soll oder nicht, eine Lappalie. Und trotzdem ist es Jahre her, dass ich zuletzt vor einer Entscheidung gestanden habe, und es rückt für mich die Zeit immer näher, in der mir jegliche Art Veränderung ohnehin verwehrt bleiben wird. Da ist es also kein Fehler, der Realität ins Auge zu blicken. In diesem Land habe ich angefangen zu altern, denn hier habe ich jenes Glück erfahren, das sich in jedem Augenblick seines Endes bewusst ist – mich schamlos und mit letzter Energie an mich selbst und meine eigenen, seit langem unerfüllten Wünsche klammernd –, hier habe ich den absoluten, unabwendbaren Schmerz, aber auch eine Altersliebe kennengelernt. Wenn ich dies alles verleugne, wer weiß, was mir dann noch bleibt.

Nach und nach dringt helleres Licht in die Küche, und das Zwitschern der Vögel wird lauter; ich öffne die Fensterläden, blicke in den strahlenden Himmel und auf den verlassenen Gemüsegarten, auf die hohen wilden Akazien, gekrümmt und ineinander verflochten, die verhindern, dass man noch weiter sehen kann im klaren Licht und in der Frische des duftenden Frühlingsmorgens; aber die Last auf meinem Herzen verschwindet davon nicht.

Da steht plötzlich Lisaweta in ihrem weißen Nachthemd hinter mir; ich schließe das Fenster wieder, damit ihr nicht kalt wird.

„Warum hast du nicht geschlafen?“, fragt sie mich.

„Ich habe mir Sorgen gemacht wegen der Konferenz.“

„Warum?“

„Ich fühle mich nicht gut genug vorbereitet. Ich glaube nicht, dass ich hingehen werde.“

Sie schaut mich an. So frisch nach dem Aufwachen ist sie sehr hübsch mit ihrem langen, feinen, hellblonden Haar, das ihr offen über die Schultern fällt; aber vor allem anderen ist es ihre makellose Haut im Morgenlicht, die mich anzieht – der ganze Zauber der Kindheit vereint mit einer blühenden Schönheit; tatsächlich, Lisaweta ist eine Blume.

„Wirst du es nicht bereuen, wenn du nicht hingehst?“, fragt sie mich.

„Ich weiß es nicht“.

Sie lächelt. Ihr ist die Sache nicht so wichtig. Sie muss sich um Mariangelas Morgenwäsche kümmern und sich dann selbst fertigmachen. Der Bruder der Alten wird sie schon bald abholen kommen, um langes Anstehen auf dem Polizeipräsidium zu vermeiden. Es ist gerade erst sechs Uhr, viel mehr als für mich wird sich für sie an diesem Tag alles entscheiden. Wir trinken gemeinsam eine Tasse Milch in der sonnigen Küche.

„Du bist extra hergekommen wegen dieser Konferenz, und dann gehst du nicht hin“, sagt sie schließlich. Wir blicken uns an und müssen lachen.

Ich biete ihr an, bei Mariangela zu bleiben – das wäre nicht nötig, sie könnten auch eine Nachbarin rufen, aber ich sichere ihr zu, dass ich bleiben werde. Lisaweta lässt es zu, dass ich ihr beim Waschen der Alten helfe (ganz sanft reinigt sie vor allem die Stellen, an denen sie sich wundgelegen hat, ein schrecklicher Anblick, mir wäre danach, mich abzuwenden; als dieser weiße Körper damals mir anvertraut war, war er noch nicht voller Geschwüre), dann macht sie sich sorgsam ausgehfertig, zieht eine rote Jacke an; mit zusammengebundenen Haaren und geschminktem Gesicht ist sie hübsch wie eine Matrioschka, und so geht sie mit Mariangelas Bruder mit, der sie abholen kommt, als wäre er ihr Großvater.

Ich setze mich ans Kopfende der Alten, in dem halbdunklen Zimmer, das nach Putzmittel riecht, aber auch noch ein wenig nach dem Gestank der Nacht. Ich habe die Augen geschlossen, mich überkommt der Schlaf; ich werde De Felice Erklärungen abgeben müssen, und das wird nicht einfach sein. Aber im Grunde weiß ich, dass er trotz seiner Launenhaftigkeit Verständnis haben wird. Sein Gespür für Lächerlichkeit ist womöglich noch ausgeprägter als das meine, und noch mehr als ich – da er ja schon seit langem und mit seiner ganzen Existenz darin involviert ist – muss er anerkennen, dass die literarische Forschung oft genug müßig und nichts als reiner Selbstzweck ist, und darob Überdruss empfinden – Blitze der Unduldsamkeit schossen durch seine Blicke, wenn ein Student allzu große Begeisterung für das Fach an den Tag legte; je abstrakter literarische Diskussionen wurden, desto größer die Wahrscheinlichkeit, dass er Anzeichen von Unbehagen erkennen ließ; er wollte gewisse Illusionen nicht nähren, die die jungen Leute glauben machten, es gehe hier tatsächlich um ein uneigennütziges Spiel. „Dostojewski, das ist etwas für unschuldige Herzen; aber auch er schrieb, um davon zu leben... man musste ja von etwas leben, deshalb hat er seine Ideen ausgeschlachtet..." Er forderte folgerichtige Seminararbeiten, aber die Studenten mussten auch rechtzeitig ihre Abschlüsse machen; er setzte sich mit allem, was in seiner Macht stand, dafür ein, dass sie an einem Auswahlverfahren teilnehmen oder eine Stelle antreten konnten, aber dann stieß er sie weg, entließ sie mit wenigen kalten Worten, wenn sie zu ihm kamen, um sich zu bedanken und Abschied zu nehmen. Seine Aufsätze, die ich in diesen Monaten des Wartens und der Vorbereitung erneut gelesen habe, schienen mir mehr denn je von tadelloser philologischer Strenge, aber dabei völlig unterkühlt zu sein; seine unverkennbar starke persönliche Signatur identifiziert sich hundertprozentig mit dem wissenschaftlichen Ergebnis seiner Arbeit, der Präzision der Aufzählung und der Folgerichtigkeit der Argumentation; alles in allem spürt man jedoch recht deutlich, dass diese Arbeiten in seinen Augen nichts zählen. In Wirklichkeit hält De Felice zwar mit jeder Faser an diesem seinem akademischen Leben fest, aber in seinem Inneren lebt etwas ganz anderes; ich kann ihn mir gut vorstellen heute Morgen unter all den Referenten: lässig, zugleich aber nervös und despotisch... Er verschreibt sich all dem mit Leib und Seele, weil auf diesem Schachbrett das entscheidende Spiel seines Lebens stattgefunden hat, ein Spiel, mit dem er sich auskennt, dessen Spielzüge er meistert und lenkt – das andere jedoch, das sich auf den weniger vorhersehbaren Feldern des Ehelebens und der Gefühle abspielt, war schwieriger für ihn; dort hat er keine Erfolge gefeiert, sondern ist als Verlierer daraus hervorgegangen, und doch war dieses das Leben, das ihn eigentlich interessierte. Die Literatur, der er seine Existenz gewidmet hat, hat für ihn wie auch für mich an Bedeutung verloren, und soweit ich es gestern erspüren konnte, scheint sich seine Melancholie mit den Jahren noch vertieft zu haben. Wie auch immer, diese meine Überlegungen werden De Felice aller Wahrscheinlichkeit nach herzlich gleichgültig sein. Nicht so aber mein faktischer Entschluss, den er gewiss nicht akzeptieren wird; an der Konferenz teilzunehmen, war meine Verpflichtung, und meine Ausgaben stehen nun auf der Rechnung; dass ich das Geld zurückzahlen will, wird seine Verbitterung nur noch vergrößern. Kommt Zeit, kommt Rat. Ich bin schläfrig, und Mariangelas scharf geschnittene Gesichtszüge zeigen keine Anzeichen irgendwelcher Bedürfnisse, ihre offenen Augen sind trübe und wandern ziellos umher; ihre Arme sind ausgestreckt, und die gekrümmten Hände bewegen sich ein ganz klein wenig, wie streichelnd, auf der weißen Decke; in diesem Zimmer, in dem das Licht durch die angelehnten Fensterläden dringt, zwischen den glänzenden Mahagonimöbeln und dem Spiegel auf dem Toilettentisch mit den Gebrauchsgegenständen früherer Zeiten (dieses Haus hat in der Vergangenheit durchaus eine hochherrschaftliche Zeit gekannt) ist es sehr friedlich; der weich gepolsterte Sessel ist gemütlich, mein Kopf sinkt herunter, eine Atempause.

Durch meinen Geist ziehen wirre Bilder von Mariangelas weißem, starrem und versehrtem Körper unter meinen Händen; nun bin ich es, die ihn umdrehen und säubern muss... sein nahezu verwestes Fleisch stößt mich ab, so denke ich im Traum, und außerdem werde ich nicht rechtzeitig fertig sein… Und in der Tat höre ich von irgendwo im Haus, erst undeutlich, dann immer klarer und unangenehmer, den Klingelton meines Telefons. Ich muss es auf dem Küchentisch liegengelassen haben, rühre mich aber nicht… Der Ton hallt lange in der Wohnung hin und her, in der schläfrigen Ruhe des Morgens; es klingelt und klingelt, dann hört es auf. In dem stillen Zimmer wird der schwache Atem Mariangelas, die reglos unter der weißen Bettwäsche liegt, von einer fast unmerklichen Bewegung ihrer schrumpeligen Lippen begleitet, einem Schmatzen wie von kleinen Küssen; in dem Lichtstreifen, der über ihr wächsernes Gesicht bis auf den Nachttisch fällt, tanzen Staubpartikel, und ich versuche, in seinem schwachen Schein den Wecker zu erkennen. Da beginnt das Telefon erneut zu klingeln. Es läutet lange. Dann hört es auf. Und fängt wieder an. Ich entschließe mich, aufzustehen und gehe in Richtung Flur. Aber da bricht das Klingeln ab. Es ist wieder still. In der Wohnung ist nichts zu hören als das Geräusch meiner Schritte. Während ich mich wieder am Kopfende der Alten niederlasse, verspüre ich Erleichterung: Die Konferenz wird ohne mich beginnen; sie werden ohne die erste Referentin auskommen. Das wird so schlimm nicht sein.

VI

Ich gönne mir einen Nachmittag des Herumstreifens in der Altstadt, die ich so sehr liebe, während ich darauf warte, dass der Professor seinen letzten Verpflichtungen mit den Besuchern der Konferenz nachkommt. Ich werde gegen Abend zu ihm gehen. Jetzt aber genieße ich einen *caffè* auf diesem gemütlichen kleinen Platz, der etwas abseits der stärker frequentierten Hauptstraße gelegen ist. Endlich allein. Lisaweta und Mariangelas Bruder sind zufrieden zurückgekehrt. Lisaweta strahlte; noch während sie die Wohnung betrat, zog sie sich die Jacke aus, verschwitzt und glücklich; man hat ihr einen positiven Ausgang ihres Verfahrens zugesichert. Auch der Alte war offensichtlich erfreut darüber, dass er ihr hatte nützlich sein können, obgleich ihm noch etwas Besorgnis anzumerken war wegen der Gebühren, die er entrichten muss. Wir setzten uns alle drei um den Tisch; die Sonne war ins Zimmer eingedrungen, und ich musste die Läden, die ich früh am Morgen ganz geöffnet hatte, wieder zur Hälfte schließen. Als der Alte es sich bequem gemacht hatte, überkam ihn die Lust zu reden. Er erzählte mir mit allen Details von dem Vormittag auf dem Polizeipräsidium, mit einem gewissen Stolz auf das, was zu erreichen ihnen gelungen war, und darauf, dass er selbst dazu beitragen konnte; seine Ersparnisse schienen ihm alles in allem sinnvoll angelegt zu sein. Nun müsse man zwei Monate abwarten, bis Lisaweta wegen der Fingerabdrücke einbestellt würde; dazu würden sie wieder das Büro aufsuchen, in dem wir gestern waren; dann weitere zwei Monate Warten auf die Aufenthaltserlaubnis, die direkt nach Hause zugestellt werde, und erst danach werde das Mädchen in seine Heimat zurückfahren können, man werde sich mit einer anderen Pflegerin abstimmen müssen für die Zeit, in der Lisaweta – die ebenso fähig wie im Grunde unbezahlbar sei, so wie auch ich seinerzeit: also nicht leicht zu ersetzen – nicht da sein werde (die Vermutung, die Zeitspannen der Bürokratie könnten länger sein als die verbleibende Lebenserwartung unserer Hundertjährigen, wurde nicht einmal in Betracht gezogen, und das war auch gut so; war sie es doch, die uns alle an diesem Tisch vereinte). Aber irgendwann hörte der Alte auf zu reden und blickte mich an; da er ein recht höflicher Mensch ist, dachte er auch an mich – die ich ganz offensichtlich große Mühe hatte, seinen Ausführungen zu folgen und dabei nicht an etwas anderes zu denken –, und ich war ihm dafür sehr dankbar. Er fragte mich freundlich und mit einem Hauch von Ehrerbietung, worüber ich denn auf der Konferenz gesprochen hätte.

„Ich hätte über einen russischen Schriftsteller gesprochen", antwortete ich achselzuckend, als wollte ich sagen „über nichts". „Anton Tschechow", fügte ich dann doch noch erklärend hinzu, womit er jedoch genauso wenig anfangen konnte. Lisaweta aber hat vor kurzem Tschechows Erzählungen gelesen.

„Traurig sind die", sagte sie, zog die Nase kraus und schüttelte den Kopf. *„Die Dame mit dem Hündchen, Der Namenstag, Auf dem Wagen*... Alle traurig." Damit hatte ich nicht gerechnet.

„Du hast *Auf dem Wagen* gelesen?", fragte ich sie. *Auf dem Wagen*, die Geschichte einer Grundschullehrerin, die Moskau verlassen hat, wo sie früher mit ihrer Familie lebte, und nun seit Jahren alleine in einem wenig anheimelnden Dorf unter engstirnigen Leuten wohnt; dann, auf einem Wagen während einer unbequemen Reise voller Schwierigkeiten, die sie in die Stadt führt, um dort ihr Gehalt abzuholen, glaubt sie plötzlich, ihre vor langer Zeit verstorbene Mutter wiederzusehen. So wird ihr die Vergangenheit auf einmal wieder gegenwärtig und mit ihr die Ahnung, es könnte vielleicht doch noch eine Zukunft für sie möglich werden, denn es gibt da einen alleinstehenden Mann in diesem Dorf, einen Adligen, für den sie ein gewisses

Interesse aufbringen könnte, und dem sie unterwegs begegnet ist... doch das ist nur ein Moment, und dann versinkt wieder alles im Grau ihrer alltäglichen Existenz... Das menschliche Leben, das unvergleichliche Gefühl jener Hoffnung auf Glück, das man bereits als Kind verspürt und nie ganz aufgegeben hat, niemand kann all das so gut heraufbeschwören wie Tschechow... Worüber ich in meinem Vortrag gesprochen hätte? Nicht hierüber. Lisaweta jedoch müsste verstehen und sich selbst in der Einsamkeit jener Frau wiedererkennen; sie müsste das Gefühl dumpfen täglichen Unwohlseins, das mit Sicherheit auch sie selbst begleitet, in der Erzählhandlung wiederfinden und seinen tieferen Gründen nachspüren, die es zweifellos in irgendeiner Weise rechtfertigen könnten. Etwas in dieser Richtung hätte ich bei der Konferenz vielleicht schon sagen können: Es kann doch auch einen lebendigen Kern im Diskurs über Literatur geben; jedenfalls sofern es einem gelingt, nicht im Sumpf künstlich komplizierter Argumentationen steckenzubleiben, sondern zu erfassen und verständlich zu machen, was ein Buch über das Leben jedes Menschen zu sagen weiß und was es diesem hinzuzufügen vermag, indem es aus den unendlichen Möglichkeiten und Erscheinungsformen der menschlichen Existenz schöpft. Das hätte ich dort vermitteln können. Ich verspüre ein plötzliches Gefühl der Leere in der Magengegend, als mir die Gelegenheit bewusst wird, die ich verpasst habe.

„Traurig, aber schön“, sagte ich zu Lisaweta, „findest du nicht?“

Sie zog erneut eine Grimasse und zuckte die Achseln. Mariangelas Bruder sah uns an und lächelte ein wenig; er ist ein gutaussehender, sehr würdevoller alter Mann.

„Hätten Sie über diese Erzählung gesprochen?“, fragte er mich, wobei er nickte und sich mit einer zustimmenden Handbewegung behalf.

„Nein“, gab ich zur Antwort, „über etwas anderes“, und lächelte ebenfalls.

„Das sind Themen, die Sie interessieren, stimmt's?“, fragte

er mich mit demselben Gesichtsausdruck wie zuvor, zwischen Wohlwollen und Ehrerbietung.

„Ja", antwortete ich. Eine Unterhaltung wie diese stellte mich mit dem Rücken zur Wand, obgleich der Alte dies nicht im Mindesten beabsichtigte; ganz im Gegenteil. Gut so. Dann haben wir uns verabschiedet; ich werde zum Übernachten wiederkommen; im Augenblick aber geht es nur darum, auf den Abend zu warten, und es ist mir nicht unangenehm, diese Stunden der Sorglosigkeit zu genießen; ich bin einigermaßen zuversichtlich, dass mit De Felice alles gutgehen wird. Den Sinn dieser Reise werden mir eines Tages die Götter enthüllen.

VII

Sie sind alle gegangen. Das Institut ist verlassen. Der Professor sitzt im üblichen Halbdunkel seines Büros am Schreibtisch und empfängt mich gelassen; aller Wahrscheinlichkeit nach hat er mich erwartet.

„Setzen Sie sich“, sagt er. „Also? Was ist passiert?“ Er lässt sich im Sessel nach hinten fallen; seine Krawatte hat er gelockert, das übliche abendliche Nachlassen der Ordnung in seiner eleganten Kleidung, ich erkenne es wieder. Ich berichte ihm kurz von unserem Abenteuer des Vortags und dann in großer Aufrichtigkeit von meiner nächtlichen Krise. Ich teile ihm mit, dass ich die Reisekosten ersetzen werde, nur etwas Zeit brauche, um das Geld zusammenzubekommen... Er fährt sich mit einer Hand durchs Haar und lässt dabei langsam den Kopf sinken.

„Werden Sie nicht pathetisch“, sagt er, ohne mich anzusehen, aber friedfertig.

„Lassen Sie mir wenigstens diese Gelegenheit zur Wiedergutmachung...“, beharre ich.

„Genug davon. Wechseln wir das Thema“, sagt er bestimmt. „Die Konferenz ist gut verlaufen, auch ohne Ihren Vortrag, falls es Sie interessiert; deshalb reden wir auch davon nicht mehr. Sprechen wir über andere Dinge...“ Er schweigt und sieht mich jetzt doch an, mit einem halben Lächeln, das eher gerührt wirkt als ironisch.

„Also, dann reden Sie, erzählen Sie mir etwas“, sage ich zu ihm. „Ich habe mich in all diesen Jahren oft gefragt, was Sie wohl machen...“

„Meine Frau ist jetzt endgültig gegangen", antwortet er trocken, „sie lebt bei meinem Sohn in London."

„Fehlt sie Ihnen?"

„Wir leben seit fast dreißig Jahren nicht mehr zusammen", sagt er.

„Ich weiß."

„Aber sie ist immer wieder vorbeigekommen, hat sich um den Haushalt gekümmert und auch um mich... Hören Sie", sagt er und erhebt sich, wobei er beginnt, seine Krawatte wieder richtig zu binden, „wenn ich es recht bedenke, habe ich auch darüber keine Lust zu sprechen; es ist spät, fast schon Zeit zum Abendessen. Sie, Nina, haben ja lange auf sich warten lassen... Ich werde alleine essen, wie immer; oder hätten Sie Lust, mir Gesellschaft zu leisten?"

„Natürlich, *professore*", sage ich. Ich stehe ebenfalls auf, und während ich warte, bis er fertig ist, schaue ich mich ein wenig um und versuche mich an längst vergangene Abendstimmungen an diesem Ort zu erinnern. Gerade will ich ans Fenster treten, da sehe ich, in einer Ecke des Bücherregals an einige Bücher gelehnt, ein kleines vergilbtes Foto, ein Halbbild, auf dem die Zeit ihre Spuren hinterlassen hat; es zeigt eine Frau mit einem Kind. Ich nehme es in die Hand und betrachte es aufmerksam, soweit das wenige Licht dies zulässt; dann trete ich ans Fenster: vor dem verschwommenen Hintergrund stehen die beiden in Pose; die Frau hat dunkle Haare, eng zusammenstehende kleine Augen, eine hübsche, feingeschnittene Nase und einen großen Mund; ihr weit ausgeschnittenes Dekolleté über einem vollen Busen wird nur teilweise vom Kopf des kleinen Jungen verdeckt, der auf ihrem Schoß sitzt, sehr ernst dreinschaut und seiner Mutter ähnelt. De Felice schweigt, und ich frage nichts, sondern stelle das Foto zurück an seinen Platz. Wir gehen hinaus; zuerst durch den leeren Korridor, dann die breite steinerne Treppe hinunter, auf der es inzwischen fast völlig dunkel ist, so wie wir es vor Jahren so viele Male getan haben – auf jenem Foto befand sich Maddalena auf dem Höhepunkt einer sinnlichen und selbstbewussten Reife; eine recht verführerische Frau, welche die mütterliche Rolle, die man auf dem Foto versucht hat darzustellen, nur mit einer gewissen Distanziertheit einnimmt.

Die Hauptstraße ist fast leer, da der Abend schon weit fortgeschritten ist; wir schweigen beide. Es ist Werktag, die Leute haben sich zum Abendessen in ihr Heim zurückgezogen; ein Augenblick der reinen Einsamkeit für denjenigen, der noch draußen ist, ich kenne das nur zu gut, habe es erst gestern Abend wieder erlebt; und doch kann ich nicht umhin, einen Hauch von Nostalgie zu empfinden, wenn ich an die Obdachlosenspaziergänge meiner Zeit in Italien zurückdenke, an diese Unabhängigkeit, die für mich damals neu und unerhört war, sich jedoch mittlerweile in einen Dauerzustand des Ausgeschlossenseins verwandelt hat. Aber jetzt, da ich mit dem Professor zusammen auf dieser so wohlbekannten, anheimelnden Straße unterwegs bin und die zuvor undenkbare Vertrautheit genieße, die er mir jetzt so ganz natürlich zugesteht, wächst in mir nach den Missverständnissen dieser merkwürdigen Tage die Erwartung, dass alles bisher Geschehene sich in der Rückschau als folgerichtig erweisen und mein Leben ab jetzt eine bessere Wendung nehmen werde.

De Felice führt mich in eine Gasse aus alten Wohnhäusern, in der ich noch nie gewesen bin, zu einem charakteristischen ländlichen Haus; eine mit Blumen bepflanzte Außentreppe führt in den zweiten Stock, wo das Schild einer Trattoria hängt. Früher muss das ein Bauernhaus am Ortsrand gewesen sein, das später in die Stadt integriert wurde; es lässt an Einrichtungen aus alten Zeiten denken und an den Rauchgeruch eines Kohlenbeckens. Die Kellnerin (ein hübsches, kultiviert aussehendes Mädchen, das De Felice kaum unbeeindruckt lassen kann, welcher sich in der Tat sehr vertraulich gibt) führt uns in einen rustikal möblierten, nur spärlich beleuchteten Raum mit nur wenigen fein gedeckten, aber unbesetzten Tischen; sie lässt uns in einer Ecke Platz nehmen und zündet voller Anmut die Kerze in der Mitte unseres Tisches an; es duftet einladend nach Kochfleisch. Auf der einen Seite des Raumes rahmt das Fenster die Landschaft ein, die mittlerweile grau erscheinenden Hügel und den klaren Himmel, auf dem das letzte Abendlicht erlischt. Der Professor betrachtet aufmerksam die Speisekarte, so ruhig und schweigsam, wie ich ihn vielleicht noch nie erlebt habe; ich lasse ihn auch für mich wählen. Inzwischen gehe ich zur Toilette. In dem kleinen rustikalen Raum, der nach Zimt duftet, versuche ich vor dem Spiegel meine kraftlosen Haarsträhnen wieder in Ordnung zu bringen und auch meine allzu blasse Gesichtsfarbe etwas zu kaschieren; auf der Stirn, in den Augen- und Mundwinkeln sind die Spuren meiner Jahre deutlich sichtbar; die Zeit hat mein Gesicht, das in der Vergangenheit sehr ausdrucksvoll gewesen ist, jedoch noch nicht allzu tiefgreifend verändert; vielmehr ist etwas hinzugekommen, meine Gesichtszüge sind schärfer geworden und die Wangenknochen treten stärker hervor; ich habe ein paar Kilo zugenommen, was mein Gesicht asiatischer wirken lässt, so dass ich endlich meiner Mutter ähnele. Als ich zurückkomme und mich De Felice gegenübersetze, im Schein der Kerze, welcher es gut meint mit meinem verhärmten Gesicht, nehme ich mir vor, die Flamme meiner fast erloschenen Ausdrucksstärke so gut es geht noch einmal zum Lodern zu bringen. Aber während wir so darauf warten, dass uns die von ihm bestellten Gerichte gebracht werden, wirkt auch er etwas verwelkt, sein Mund blutleer und verkniffen; er ist sechsundsechzig Jahre alt, und sobald sich seine Nerven ein wenig entspannen, lässt sich auf seinem Gesicht und in der gebeugten Haltung seiner Schultern bereits das nicht mehr ferne Greisenalter erahnen. Gedankenverloren trommelt er mit den Fingern auf den Tisch. Dabei wird gerade durch das Nachlassen seiner Anspannung in Gesichtsausdruck und Stimmung auch unser Zusammensein gelöster und vertrauter. Nun, da er die Überschwänglichkeit, mit der er mir bei meiner Ankunft gegenübergetreten war, endlich aufgibt, kann auch ich freier atmen. Während wir so dasitzen, sind verschiedene Voraussetzungen erfüllt, damit jene Harmonie wieder aufkommen könnte, zu der wir manches Mal gelangten, wenn jeder von uns mit seinen eigenen Beschäftigungen zugange war. Die jetzige Situation jedoch ist anders, auf eine gewisse Art reifer; jetzt und hier, ungeachtet der vielen Jahre der Trennung, denke ich, ich könnte auch aufstehen und mich mit einer gewissen Leichtigkeit und ohne Vorbehalte an seine Seite auf die Bank an der Wand setzen, seine Hand nehmen und herzlich drücken und voller Verständnis versuchen, jene Vertrautheit wiederherzustellen, die wir von unseren einsamen und weit voneinander entfernten Lebenslagen aus niemals ganz erreichen konnten – nahm uns doch der belastende Gedanke an die Liebesbeziehungen den Atem, die wir nicht hatten am Leben halten können. Aber selbst jetzt in diesem Moment, da wir einander gegenübersitzen, ohne jenen weiteren Schritt in Richtung eines vertrauteren Umgangs, der sich später mit Sicherheit und ganz natürlich noch ereignen wird, weiß dieser schweigende Mann genau wie ich, dass unsere Wiederbegegnung nicht mehr die Zufälligkeit besitzt, die uns damals in der Institutsbibliothek aufeinandertreffen ließ, noch die Gewohnheit und Zurückhaltung jener fernen Tage; alle beide können wir, da uns das Leben schon fast alles genommen hat, uns nunmehr die Erkenntnis eingestehen, dass wir gerne zusammen sind. Nun hat sich De Felice mit dem Rücken an die Wand gelehnt, die Knie übereinandergeschlagen und die Arme verschränkt; er kommt wieder zu sich und lächelt mit einem Hauch von Sarkasmus – ein Augenblick der Offenheit, der mich an seine Unterhaltungen mit den Studentinnen denken lässt, in jenen Pausen mitten im Frühling.

„Dieses Foto auf Ihrem Regal... sie war sehr attraktiv, Ihre Frau", sage ich zu ihm. Er sieht mich an. Das Thema macht ihn betroffen, aber im Augenblick hat er eher im Sinn, sich über mich lustig zu machen.

„Sie, Nina, können wohl nicht leben, ohne sich mit den Angelegenheiten anderer Leute zu beschäftigen", sagt er. „Sie kommen für zwei Tage hierher, und schon müssen Sie sich in die Schicksale aller einmischen... Zwei Tage nur. Und Sie stürzen sich in ein Einwanderungszentrum, klopfen an die Türen sämtlicher Priester und was sonst noch alles... Warum leben Sie nicht einfach in Frieden Ihr eigenes Leben?"

„Ich hatte immer gedacht, ich weiß auch nicht warum, dass Maddalena blond sei", sage ich.

„Und stattdessen ist sie rabenschwarz; auch jetzt noch, da ihre Haare grau geworden sind, färbt sie sie schwarz wie Pech."

„Sie hat sehr schöne Augen und einen verführerischen Körper." Erst jetzt bemerke ich, dass dieses Bild sich in meinen Geist eingeprägt hat wie ein Lichtblitz auf der Netzhaut; und da hilft es auch nicht, daran zu denken, dass diese Frau, die in der Blüte ihres Lebens abgelichtet wurde, inzwischen eine müde Sechzigjährige ist, der die Jahre und die seelenzermürbenden Überreste einer gescheiterten Ehe das meiste von ihrer einstigen Schönheit genommen haben dürften.

„Maddalena hatte einen wunderschönen Körper; aber natürlich ist das heute nicht mehr so. Als sie jung war, trug sie weit ausgeschnittene, geblümte Kleider, wenn sie ihren Sohn auf dem Arm hatte, konnte man alles sehen, aber sie achtete nicht darauf; in meinem Dorf schauten die Männer ihr hinterher; ich war es, der die Träger ihres Kleides wieder zurechtrückte. Sie war vor dreißig Jahren eine Art Diva, sie war ein Traum" (das also ist es, was ihn so verändert hat und was ich vorher nicht an ihm kannte: das intensive Empfinden der Vergangenheit).

Die Kellnerin bedient uns mit einer gewissen Strenge, mit wenigen, leisen Worten, anmutigen Bewegungen und einem beträchtlichen und beneidenswerten Hang zur Überheblichkeit gegenüber ihren Gästen; De Felice schaut an ihr hoch und neckt sie; inzwischen essen wir mit Genuss den Rinderschmorbraten, den er bestellt hat, er schenkt sich selbst und mir Wein ein; nach und nach wird er wieder lebhafter und ändert ein weiteres Mal seine Haltung. Den Gedanken an seine Frau, über die ich eigentlich gern noch länger mit ihm gesprochen hätte, hat er sofort beiseitegeschoben; stattdessen verlegt er sich nun auf die Konferenz und attackiert gnadenlos jeden einzelnen Referenten. Diese Art Gespräche langweilt mich am meisten, aber ich höre ihm freundlich zu; gleichzeitig fürchte ich, dass unser Abend, den ich mir einen hoffnungsvollen Augenblick lang anders vorgestellt hatte, wieder eine Richtung nehmen wird, in der allein seine Klagen im Vordergrund stehen. Ich kenne ihn, er wäre dazu fähig – wenn er nicht vielleicht doch in einem kurzen Moment wieder zu Verstand kommen und etwas zu mir sagen wird, was mich betrifft und was ich mit zurück in meine Heimat nehmen könnte, um immer wieder daran zu denken, Jahr um Jahr, wenn sich der bewölkte Himmel des Nordens wieder über mir geschlossen haben wird. Die Tage hier waren sehr anstrengend, morgen werde ich sehr früh aufstehen müssen; eigentlich bin ich es ohnehin leid und auch bereit, es dabei bewenden zu lassen: in meine Stadt, in meine Wohnung zurückzukehren, meine Einsamkeit und die erstaunliche Ruhe der immer gleichen Tage wiederzufinden, das zögernde Licht der Vormittage zwischen den Mietshäusern, meine Ecke im schwankenden Bus. Wenige Abende zuvor, als ich von der Arbeit nach Hause fuhr, den Kopf voll mit Gedanken an die bevorstehende Reise, während vor den Busfenstern die Kreschtschatyk-Straße vorbeizog, auf der um diese Uhrzeit mehr Verkehr zu herrschen schien denn je – die Leute warteten reihenweise an den Ampeln, und ungeordnete, eilige Menschenmassen drängten sich auf den breiten überfüllten Bürgersteigen –, hatte ich voller Verlangen und wachsender Glückseligkeit an diese ruhige kleine Stadt gedacht, an die stille Hauptstraße, die ich vorhin mit De Felice entlangspaziert bin. Zwei Welten, Lichtjahre voneinander entfernt; dort das Chaos, hier das Wohlgeordnete, dort die Armut, hier der Wohlstand; dort im Mai das unvergängliche weiße Licht auf den Straßen und hinter den mächtigen Wohngebäuden, hier die zwischen den alten Mauern eingeschlossene Dämmerung; dort wiederum die majestätischen Brücken und der große weite Fluss, der einen Teil des Jahres zugefroren ist. Jetzt ruft Kiew mich wieder zu sich. Ich werde zurückkehren, mein altes Leben wieder aufnehmen und mich unwiederbringlich jeglicher Erwartung entledigen. De Felice aber hat aufgehört zu sprechen, schenkt sich ein weiteres Glas ein, betrachtet es, und während er es in seiner Hand kreisen lässt, fragt er mich endlich nach meiner Tochter; es ist offensichtlich, dass er es unwillig tut, es fällt ihm nicht leicht, jemand anderem einen Augenblick des Zuhörens einzuräumen; wie alle Neurotiker empfindet er es als Qual, wenn andere Menschen von ihren Problemen berichten. Aber ich erzähle ihm trotzdem alles, in aller Ruhe. Er erinnert sich an meinen Schmerz an den Tagen nach der Beerdigung, konnte sich aber damals nicht vorstellen, dass der Bruch mit meiner Tochter so tief und beständig sein würde. Ich versuche so objektiv wie möglich zu sein, als ich ihm alle meine Fehler mit Katja aufzähle, verschweige aber auch nicht ihre Härte und Verständnislosigkeit; jegliche in so vielen Jahren im Grunde meiner leidenden Seele bis ins Letzte analysierte Implikation oder Möglichkeit darf nun endlich vor einem aufmerksamen und urteilsfähigen Gesprächspartner ausgebreitet werden. Doch da unterbricht mich De Felice: „Sie treten dieser ganzen Situation mit Ihrem üblichen Geltungsdrang entgegen", sagt er. Ich sehe ihn an. Ich bin nicht überrascht, möchte aber verstehen.

„Was sollte ich denn tun?", frage ich ihn.

„Ich denke, Ihre Tochter ist ein intelligentes Mädchen, also kann man durchaus annehmen, dass sie Sie versteht und, wenn es denn darum geht, Ihnen auch verzeiht; und fertig. Hier hat weder ein Verrat, noch ein Verlassen stattgefunden, niemand ist grob verletzt worden, faktisch hat es sich nur um einen Fall von Unverständnis gehandelt, in Verbindung mit einem dramatischen Umstand. Sie haben den Ernst der Lage nicht begriffen und sind nicht rechtzeitig losgefahren, Ihre Tochter hat Ihr Fehlen auf wer weiß welche Gründe zurückgeführt und sich im Stich gelassen gefühlt. Sie beide haben einander nicht verstanden, das ist alles." Er blickt mich gedankenvoll an. „Haben Sie die Telefonnummer Ihrer Tochter?", fragt er mich dann. „Kommen Sie, setzen Sie sich hier neben mich, Nina, suchen Sie die Nummer heraus und lassen Sie mich mit Katja sprechen." Ich tue, was er sagt und setze mich neben ihn auf die hölzerne Bank. Was er vorhat, erfüllt mich mit Bestürzung, zugleich jedoch ist in mir eine bis dahin unvorstellbare Hoffnung entbrannt; mir wird klar, dass niemand in all den Jahren versucht hat, dies für mich zu tun (Wanja, der seit langem aus unserem Leben verschwunden ist, verhielt sich damals undurchsichtig und ausweichend); tatsächlich hat es niemals einen wirklichen Vermittler gegeben, der uns miteinander in Kontakt gebracht und uns die Angst vor dem ersten Schritt genommen hätte, die uns inzwischen vielleicht als einziges noch trennt. Er lässt mein Telefon lange klingeln, dabei muss es bei ihr doch zehn Uhr abends sein, also eine noch passende Uhrzeit für jegliche Art von Anruf. Die Kellnerin eilt durchs Zimmer, zwei ältere Herrschaften, Mann und Frau, sitzen in der gegenüberliegenden Ecke an einem Tisch, ich bemerke sie erst jetzt. Der Professor nimmt nun sein eigenes Telefon, setzt seine Brille auf, tippt die Nummer ein und versucht nochmals anzurufen. So nah wie ich bei ihm sitze, kann ich das wiederholte Klingeln hören und dann ihre Stimme. De Felice stellt sich vor: ein italienischer Professor, Freund von Nina, ihrer Mutter, die gerade hier bei ihm in Italien ist. Katja, soviel glaube ich zu verstehen, ist alarmiert.

„Ihrer Mutter geht es gut, das ist es nicht, machen Sie sich keine Sorgen... und wie geht es Ihnen?", fragt der Professor; seine Stimme klingt vornehm und klar; seine Ausdrucksweise in der fremden Sprache ist korrekt. „Wie geht es mit Ihrem Studium voran?" Jetzt gelingt es mir nicht mehr, ihre Antworten zu verstehen, die jedoch – dem Ton nach zu schließen, den ich sehr wohl wahrnehmen kann – unsicher und lakonisch auf mich wirken; offenbar ist sie aufgewühlt, wie könnte es auch anders sein. „Hören Sie", sagt der Professor zu ihr, „in der Zeit, als Ihr Vater starb, arbeitete Ihre Mutter bei mir; das ist Ihnen vielleicht bekannt; Ihre Mutter war eine gute Dozentin, ihre Studenten liebten und wir alle schätzten sie, auch weil sie weiterhin ihren Lebensunterhalt mit der Arbeit in einem Ladengeschäft verdiente; aber über diesen Laden und den Nebenraum, in dem sie schlafen musste, wissen Sie Bescheid, denke ich; die Opfer, die Ihre Mutter gebracht hat, sind Ihnen zweifellos bekannt. Vielleicht hat Ihnen aber niemand gesagt, dass sie auch eine fähige Dozentin war und hier Verpflichtungen hatte, die es ihr nicht leicht machten, alles stehen und liegen zu lassen und zu Ihnen zu kommen; das hören Sie jetzt von mir. Sie, Katja, haben gelitten und wissen deshalb besser als viele andere, wie wichtig die familiären Beziehungen sind. Und jetzt, wenn Sie erlauben, lasse ich Sie mit Ihrer Mutter sprechen." Meine Hand zittert, als ich das Telefon nehme und es mir ans Ohr halte.

„Katja", sage ich.

„Ist das der Mann, für den du meinen Vater verlassen hast?", fragt sie, aber ihre Stimme klingt leise und nachsichtig, fast brüchig vor Rührung.

„Nein, das war es nicht", erwidere ich.

„Was ist er für ein Typ?"

„Ein launischer Mann", sage ich, und wir schweigen ein paar Sekunden. „Ich bin hier in Italien wegen einer Konferenz über Anton Tschechow... morgen fahre ich wieder nach Hause... Es geht mir gut, alles ist soweit in Ordnung... und du? Sag du doch etwas, Liebes", sage ich, „ich weiß gar nicht, wo ich anfangen soll..."

„Mir fällt es auch nicht leicht," sagt sie mit diesem Hauch von zarter Brüchigkeit, der mir sofort das Herz hat aufgehen lassen, „es fällt mir nicht leicht, solange da noch Fragen zu klären sind, Mama... Papas Tod hat uns auseinandergebracht; da sind einige Dinge, die ich nur mühsam einordnen kann. Sachen, die ich nicht verstehe..."

„Was verstehst du denn nicht, Katja?", frage ich.

„Vor allem frage ich mich… seit damals… ich würde gern verstehen, was ihr beide für eine Beziehung hattet."

„Warum willst du das wissen? Warum ist das so wichtig für dich?", frage ich.

„Was mich verwirrt", sagt sie, „ist, dass Papa, als er im Sterben lag, nie nach dir gefragt und auch davor nie auch nur andeutungsweise von dir gesprochen hat. Er vermied es, so als ob er etwas wüsste oder ahnte. Kurz bevor er starb, habe ich ihm versichert, dass du jeden Moment kommen würdest, aber darauf reagierte er überhaupt nicht, kein Wort und nicht einmal ein Nicken: Es war offensichtlich, dass er nicht daran glaubte und nicht mehr auf dich wartete…" Ihre Stimme versagt, aber sie ist noch immer so wohlwollend, klangvoll und harmonisch, wie ich sie in Erinnerung hatte, so wie ich sie das letzte Mal gehört habe, in Charkiw. Es gelingt mir auch, sie mir vorzustellen, ihr schönes Gesicht ganz ernst, den festen Blick ihrer braunen Augen. Ich habe nie geglaubt, dass sie Groll gegen mich hegte, hatte aber, obgleich unsere letzte und einzige Begegnung mich hätte auf etwas anderes hoffen lassen können, mir eine distanziertere und reifere Frau vorgestellt, die seit Jahren nicht mehr mit mir sprach, weil sie noch immer Gründe hatte, auf mich wütend zu sein. Stattdessen war es etwas anderes, Ungesagtes, eine neue und unerwartete Zerbrechlichkeit, was sie in den Jahren unseres gemeinsamen Lebens offenbar zurückgehalten hat – als es alles in allem nicht schwierig gewesen wäre, wieder miteinander zu sprechen, da wir beide es uns doch sehnlichst wünschten; langjähriges Grübeln und ein ebenso lange andauerndes Bedürfnis nach einer Aussprache haben in ihr jeglichen Rest eines starken Ressentiments zum Erlöschen gebracht, das kann ich an ihrer weit entfernten Stimme hören. An dem wohlwollenden Ton ihrer Forderung, die anscheinend nur noch in der Erinnerung Schmerz verursacht, spüre ich, dass meine Tochter mich in Wirklichkeit noch braucht. Jenes Schweigen ihres Vaters zählt tatsächlich nur noch wenig für sie; nachdem wir das Terrain von noch unaufgelösten Dingen gesäubert haben, möchte sie mich nun wiederfinden.

„Es gab da nichts, was er hätte wissen, verstehen oder vorausahnen können. Ich kann dir nicht sagen, warum er nie nach mir gefragt hat. Vielleicht ahne ich es, aber ich könnte es dir nicht erklären. Ich weiß nichts über diese Momente, gar nichts."

„Er hat dich nie erwähnt. Nicht ein einziges Mal."

„Wir beide sprachen nie über uns, wir… wir sprachen immer über dich. Aber das ist es nicht. Verzeih mir. Das ist es nicht."

„Warum habt ihr nie über euch gesprochen? Warum bist du weggegangen, in einem so kritischen Moment? Waren wir wirklich so sehr in Not? Ich habe mich so oft gefragt, welche Beziehung euch schon vor der Krankheit verband. Ich sah immer eine Art Kameradschaft zwischen euch, die mich ausschloss, aber manchmal hatte ich den Eindruck, dass du abweisend seist." Sie scheint für jede Art Antwort offen zu sein und wirklich verstehen zu wollen, aber ich weiß so unvorbereitet nicht, was ich ihr sagen soll. Das sind keine Fragen, die man mit einem Telefonat lösen kann (und doch ist es schon sehr gut so, sie hätte auch nach wenigen Worten wieder auflegen können). Kameradschaft ist der richtige Begriff, denn schon seit langem, lange Zeit bevor er krank wurde, war kein Glück mehr in unserer Beziehung; aber es gab eine starke Fessel, die uns aneinander band… Und ich bin aus dem einzigen Grund gegangen, weil sie ihr Studium zu Ende bringen sollte, weil ihr Vater schwer krank war und wir kein Geld mehr hatten. Aber all das spreche ich nicht aus, dafür bräuchte es mehr Zeit und eine direkte Begegnung. „Mama, ich erwarte ein Kind", sagt sie da, „ich denke… es wird nie unter meiner Abwesenheit zu leiden haben. Ohne Eltern zu leben, so wie ich es in all diesen Jahren tun musste, ist wie im Dunkeln zu laufen. Ich verstehe nicht, wie du es fertiggebracht hast, nicht zu kommen; als Papa gestorben ist, wusste ich nicht, was ich machen sollte, ich wollte ihn nicht anfassen, ich wollte nur noch schreien." Jetzt klingt ihre Stimme lebhaft und ein bisschen kindlich. „Wenn du gekommen wärst, hätte ich so vieles aus Papas Augen ablesen können in den letzten Augenblicken seines Lebens…“

„Es tut mir leid, Katja, dass ich dich alleingelassen habe“, sage ich. Ich spüre in einem tröstlichen Moment die Anwesenheit De Felices neben mir, eine wichtige Stütze für mein enttäuschtes Herz – mit dieser neuen Nachricht, die ich nur unter Schwierigkeiten akzeptieren kann, genau wie die Nachricht vom Tod ihres Vaters in jener Nacht im Mai, wird für mich die tatsächliche, nicht nur angenommene Bedeutung unserer Trennung real; jetzt weiß ich, dass sie eine eigene Familie hat, zu der ich nie gehören werde. So habe ich mich also getäuscht, und jenes künftige gemeinsame Leben, das die Zärtlichkeit in ihrer Stimme gerade eben noch erahnen ließ, und welches vielleicht auch sie, da sie mich nun wiedergefunden hat, sich tatsächlich für einen Augenblick ausgemalt hat, ist für sie endgültig vorbei, so wie es schmerzlich zu erwarten war; ihr Wohlwollen rührt ausschließlich daher, dass sie jetzt einen Standpunkt hat, von dem aus sie die Vergangenheit gewissermaßen distanziert betrachten kann.

„Du hast einen Lebensgefährten, Katja? Du erwartest ein Kind?“, sage ich. „Ich wusste von nichts, Katja, ich hatte keine Ahnung…“

„Das Kind kommt in zwei Monaten zur Welt; ich werde dich anrufen, Mama, wenn es soweit ist; ich denke, es ist wichtig, dass du dabei bist. Bei dieser Gelegenheit wirst du auch meinen Mann kennenlernen…“

„Ich denke, du kannst auf mich zählen, Katja“, sage ich. „Ich werde bei dir sein, wenn dein Kind geboren wird, wenn du es mir erlaubst. Aber sollte ich doch nicht da sein, aus irgendeinem Grund, den ich mir jetzt nicht einmal vorstellen kann, und weil das Leben merkwürdig und schwer vorhersagbar ist, dann sei mir nicht böse, bitte zweifle dann nicht wieder an mir…“ Ich habe einen Kloß im Hals (sie hat geheiratet und ich weiß nicht einmal, wen; einen Mann, den ich nicht kenne). „Ich bin glücklich, weil ich mit dir sprechen konnte, mein Schatz, und weil ich weiß, dass es dir gut geht", bringe ich immerhin noch heraus.

„Ich auch, Mama", antwortet sie leise und legt auf.

Ich lege das Telefon neben meines. Draußen vor dem Fenster ist die Nacht klar und hell über den Umrissen der Hügel, und hier drinnen ist niemand mehr. Auf dem Tisch stehen noch die Reste des Abendessens, die Kerze ist fast heruntergebrannt. Ich nehme die Hand des Professors und drücke sie leidenschaftlich.

„Ich weiß nicht, wie ich Ihnen danken soll", sage ich zu ihm. „Katja hat geheiratet", füge ich hinzu wie zu mir selbst, „und ich wusste gar nichts davon, jetzt erwartet sie ein Kind, und ich weiß nicht einmal, ob sie es mir sonst überhaupt gesagt hätte."

„Ja, ich habe es gehört", sagt er. Dann schmiege ich mich an seine Brust, und mit einem verzweifelten Gefühl der Heimlichkeit angesichts unserer schwierigen Lebenssituationen, aus denen wir uns nicht zu befreien wissen, bleiben wir umarmt noch eine Weile sitzen.

VIII

Mit langsamen Schritten durchqueren wir das Stadtzentrum. Um zum Hotel zu gelangen, nehmen wir eine andere Gasse, die längs der Stadtmauer verläuft: Von hier kann man den klaren, lieblichen Nachthimmel sehen, zwischen den Bäumen einzelne Linien des freien Horizonts und die glitzernden Lichter der Dörfer auf den angrenzenden Hügeln. Wir beugen uns über die Mauer: Darunter auf der breiten Allee fahren vereinzelt Autos vorüber; der fischgrätenartig angelegte Parkplatz entlang der Straße ist fast leer. Ein wunderschöner, warmer und heiterer Abend breitet sich über die halb schon schlafende Stadt – und doch lässt mir das, was ich von Katja erfahren habe, keine Ruhe. So sehr ich auch versuche, die Tatsache, dass mein Mann in seinen letzten Stunden nicht nach mir gefragt hat, in meinen Schmerz über seine Todesumstände zu integrieren (mit dem zu leben ich mittlerweile gewohnt bin und der mich alles in allem nicht mehr in Aufruhr versetzt), ist sie doch nicht ganz unerheblich; im Gegenteil, hätte meine Tochter mir auch nur von einigen wenigen Anzeichen eines friedvollen Abschieds berichtet, so hätte dies einiges wiedergutmachen können; aber so hat wohl niemand auch nur ein klein wenig menschliches Verständnis für meine Opfer aufgebracht; und mein Mann hat geschwiegen, wie immer. Nun könnte es ja durchaus sein, dass sein Schweigen auf dem Sterbebett von tiefer Liebe, dem Schmerz über unser Getrenntsein und anderen Gefühlen zeugte, die er für zu selbstverständlich hielt, um sie mitzuteilen; aber was, wenn es stattdessen Ausdruck einer Verurteilung war? Wenn dieser Körper, der seit langem nur noch mit Zeichen kommunizierte, den Schmerz einer seelischen Wunde verbarg? Wie auch immer sein Seelenzustand gewesen sein mag, er hätte sich auf irgendeine Weise erklären müssen, dann hätte seine Tochter nicht ein Leben lang diesen Zweifel mit sich herumgetragen und eine genauere Vorstellung von der Beziehung zwischen ihrer Mutter und ihrem Vater gehabt. Aber das ist jetzt nicht mehr wichtig. Der leichte Nachtwind und die Nähe des Professors wecken in mir den Wunsch, das Leben möge nun eine andere Wendung nehmen.

„Als mein Sohn klein war, standen wir immer hier an dieser Mauer", sagt De Felice, „wir dachten uns eine Farbe aus und zählten dann die Autos in dieser Farbe, die vorbeifuhren; Gewinner war, wer mehr zählen konnte. Giorgio hat nie Weiß gewählt, obwohl er wusste, dass das die Farbe mit den besten Gewinnaussichten war."

„Wie lange haben Sie Ihren Sohn nicht mehr gesehen?", will ich wissen.

„Erst waren es viele Jahre, aber dann vor einem Monat, genau am 15. April, habe ich ihn besucht. Wir haben uns in Canterbury getroffen, wo er beruflich zu tun hatte, etwas entfernt von London; ich wollte den Abstand von seiner Mutter wahren. Wir haben in einem kleinen Restaurant zu Abend gegessen, mit Blick auf einen dunkelgrünen Kanal voller langer, faseriger Algen, die sich in der Fließrichtung bewegten."

„Sie haben mir nie erzählt, was Ihr Sohn beruflich macht", sage ich.

„Giorgio ist Regisseur. Er dreht Dokumentarfilme im Auftrag von Agenturen, aber er strebt danach, etwas Künstlerisches zu produzieren. Dieser Kanal, von dem ich gesprochen habe, ist ziemlich schmal und fließt zwischen den Häusern des Ortes hindurch; die Fensterfront des kleinen Speisesaals ist direkt über dem Wasser; ab und zu fuhren alte Boote neben uns vorbei, Sie können sich ihre stille Langsamkeit nicht vorstellen… und während wir zu Abend aßen, wurde es draußen dunkel."

„Verstehen Sie sich gut mit Ihrem Sohn?“, frage ich.

„Wir sind wie zwei Fremde“, antwortet er schroff. „Seit seinen ersten Kinderjahren haben wir nicht mehr zusammengelebt. Er ist ein sehr gutaussehender junger Mann, seiner Mutter ähnlich, ein guter Mensch und ein ernstzunehmender Vertreter seines Faches. Ich habe seine Karriere in keiner Weise verfolgt, keine seiner Entscheidungen beeinflusst, er hat alles alleine gemacht, und das sehr gut.“

„Wie sein Vater“, sage ich, und da erst wendet er sich zu mir um; bis jetzt war sein Blick fest auf die Umgehungsstraße gerichtet, als würden auf der leeren Fahrbahn unter uns die Bilder seiner Erinnerung vorbeiziehen, aber jetzt lässt sich an seinem Gesichtsausdruck ablesen, dass er froh ist, mich neben sich zu haben.

„Ich werde Sie einmal in dieses englische Restaurant mitnehmen, Nina. Es ist ein Meisterwerk der Melancholie, dieser Kanal zwischen den Häusern im Tudor-Stil. Wenn die Dinge nun schon zu Ende gehen müssen, dann mögen sie so enden, auf poetische Art…“, sagt er mit ironischem Tonfall. „Mit meinem Sohn ist es allerdings so, dass wir schon am Ende sind, bevor wir überhaupt angefangen haben. Wie die Hauptstraße in dem Dorf, aus dem ich stamme: nur ein paar Schritte, und schon bist du am anderen Ende; auf der einen Seite stand unser Haus, auf der anderen das Rathaus, dazwischen ein winziges Café und zwei schmale, halb vergammelte kleine Palais, sonst nicht viel. Mein Vater und meine Mutter gingen am Abend mit uns auf dieser Straße spazieren, alle herausgeputzt, als wären wir auf den Champs-Elysées; Sie hätten das Gesicht meines Vaters sehen sollen, er war hochzufrieden und setzte sogar seinen Hut auf. Für die paar Schritte. Wie leicht machen wir uns doch alle etwas vor. Als ich den Lehrstuhl für Russische Literatur bekam, glaubte ich zu träumen, es schien, als ob das Leben noch lange dauern würde und dies nur der Anfang von etwas wäre, das noch kommen sollte, ein offener Übergang zu einer endlosen und großzügigen

Existenz, in der ich glücklich, glücklich und nochmals glücklich sein würde; damals dachte ich, ich hätte noch viel Zeit... es waren nur ein paar Schritte, und ich hatte meinen Hut aufgesetzt..." Er sieht mich wieder an, spöttisch, aber auch tiefgründig. „Genauso verhält es sich übrigens auch mit Ihnen", sagt er, „es wird bald zu Ende sein, und auch wir haben viel Zeit verloren. In all diesen Jahren habe ich immer daran gedacht, dass ich Sie irgendwie zurückholen würde." Er löst sich von der Mauer. „Kommen Sie mit mir, Nina, irgendwohin? Wohin wollen wir gehen, Sie und ich, Nina?", sagt er beschwingt, aber auch mit Anspannung, während er mir seinen Arm bietet. Wir machen uns auf den Weg.

„Auch in meiner Kindheit", erzähle ich, „gab es durchaus beengte Verhältnisse, auch wenn ich immer in einer großen, schönen Stadt gelebt habe." Ich bleibe stehen und blicke ihn an. „Warum kommen Sie nicht zu mir nach Kiew?", schlage ich vor. „Sie könnten einfach nachkommen." Aber er gibt keine Antwort. „In Kiew", setze ich wieder an, „hinter dem Majdan Nesaleschnosti, gibt es ein typisches Restaurant; die Kellnerinnen dort tragen die traditionelle ukrainische Tracht; man isst dort, so hat man mir gesagt, den besten Borschtsch der Hauptstadt; wir könnten miteinander hingehen. Ich werde Sie einladen, Sie sind mein Gast. Wir werden die Kreschtschatyk-Straße entlangschlendern und dann unsere alten, wunderschönen orthodoxen Kirchen besuchen... Die Sophienkathedrale, das St. Michaels-Kloster und vor allem die Petscherska Lawra, das Höhlenkloster; wir werden den Klosterhügel hinabsteigen bis zum Flusslauf des Dnjepr und dann in den Untergrund zu den Särgen..."

„Särge?"

„Haben Sie noch nie davon gehört? In den Höhlen werden die Überreste berühmter Mönche aufbewahrt; es gibt einen langen unterirdischen Weg zwischen den Reliquien, den man mit Andacht gehen muss, eine Kerze in der Hand."

„Ich werde bestimmt zu Ihnen kommen, *signora*, wenn Sie mich einladen. Das verspreche ich Ihnen. Ich werde vor den Leichnamen der heiligen Mönche auf die Knie fallen und für meine Seele beten; und am Abend werden wir in das Restaurant gehen, von dem Sie gesprochen haben, um diese scheußliche Suppe zu essen, aber unter einer Bedingung: Die Kellnerinnen müssen hübsch sein… hübsche, üppige Mädchen." Er lächelt mir zu.

„Also werden Sie kommen. Sie haben es versprochen", sage ich.

Wir gehen weiter die Stadtmauer entlang, auf dem gepflasterten, zwischen der Mauer und den Häusern eingezwängten Weg, er mit seinem beschwingten Schritt. Ich folge dem Spiel unserer untergehakten Schatten, die sich unter unseren Füßen mit den wechselnden Lichtkegeln formen, wieder auflösen und wieder neu formen – der Schatten meines Mannes war imposant, der meine winzig an seiner Seite (sonst gab es in meinem Leben keinen Mann, mit dem ich untergehakt spazieren gegangen wäre); in den trostlosen Straßen zwischen den Mietshäusern unserer Vorstadt war es nicht empfehlenswert, abends unterwegs zu sein, aber mit ihm fühlte ich mich recht gut beschützt. Wenn ich aus irgendeinem Grund alleine nach Hause gehen musste, kam er mir üblicherweise schnellen Schrittes auf dem Straßenabschnitt entgegen, der nicht an der Busstrecke lag; manchmal hatte er Katja im Schlepptau, weil er sie nicht allein in der Wohnung lassen wollte, sie hielt nur mühsam mit ihm Schritt und musste rennen, um an der Seite ihres um mich besorgten Vaters zu bleiben. Sie folgte ihm *mit ungleichen Schritten*. Der Schatten des Professors ist schlank, aber viel zu dünn; es ist der eines zerbrechlichen und bedrohten Körpers, obwohl dieser Mann zu so viel Härte, Entschlossenheit und Euphorie fähig ist… Dieses Fluktuieren der Schatten ist wie das Fluktuieren der Algen; ich kann mir den grünlichen Kanal zwischen den Häusern am Abend gut vorstellen, und Vater und Sohn gemeinsam beim Abendessen; es muss einen wichtigen Moment der Versöhnung auch zwischen ihnen beiden gegeben haben. Aber warum erst jetzt? Ich stelle mir vor, dass sie sich in ihrer persönlichen Beziehung ganz bewusst von

Maddalenas letzten Entscheidungen distanziert haben, vielleicht wollte aber auch der Professor selbst seinen Sohn bitten, sich um die Mutter zu kümmern, in friedlichem Einvernehmen, damit dieser sich nicht schämen musste, sie aufgenommen zu haben – oder was auch sonst diesem merkwürdigen Mann durch den Kopf gehen mag, der all die Jahre, während ich vor Einsamkeit starb, daran dachte, mich zurückzuholen…

Das Hotel befindet sich am Ende der Gasse, an einem kleinen Platz ist sein rot angeleuchtetes Schild zu erkennen; ich weiß, dass es klein, aber luxuriös ist und sich in einem kleinen antiken Gebäude mit vornehmem Eingang befindet; die Universität hatte hier für mich ein Zimmer reserviert, und auch De Felice hat an den Konferenztagen hier übernachtet. Hier können wir die Nacht zusammen verbringen.

„Hier zu übernachten, war praktischer für mich… und dann gab es da eine gewisse *signora*, die ebenfalls im Hotel Cristalli absteigen sollte und der ich gerne jeden Abend eine gute Nacht gewünscht hätte, aber sie hat sich leider nie blicken lassen."

Ach ja. Dieser nun schon so lange zurückliegende Abend, an dem es regnete, Mariangelas Zimmer, das Bett, das ich mit Lisaweta geteilt habe, diese Nächte, mit denen ich nicht gerechnet hatte, in denen ich mich aber alles in allem gut gefühlt hatte und am richtigen Platz. Jetzt stelle ich fest: Mich in jenem Haus aufzuhalten und Lisaweta auf jener steilen und kurvigen Landstraße zwischen Eichen und Olivenbäumen zu begleiten, in der Dämmerung vor uns die lange Reihe der anderen Einwanderer, und dann der Abend im Büro des Pfarrers – all das war bedeutsam, und ich werde es meiner Tochter erzählen können, um ihr einen Schimmer von jenem Mitgefühl mit anderen zu vermitteln, das ihr Vater und ich in unserer abgeschiedenen Existenz nicht zu entwickeln wussten. Neben dem Hotel steht eine Bank; ich lasse mich darauf nieder, und der Professor nimmt neben mir Platz; er fasst mich um die Schultern, und ich lehne mich an ihn, so wie bei unserem Ausflug in die Berge an jenem heißen Tag vor vielen

Jahren. Wir bleiben schweigend sitzen – das Bewusstsein für die Bedürfnisse der Menschen neben uns hat uns ganz sicher gefehlt, meinem Mann und mir; unser Familienleben hatte etwas Erstickendes, worunter auch Katja gelitten haben muss. Würde ich das jetzt in diesem Augenblick De Felice erzählen, er würde vor Ärger aufspringen, mir dieses und jenes ins Gesicht sagen und mich eine unverbesserliche *badante* nennen. Und doch sind es diese Nächte in Mariangelas Wohnung, von denen ich meiner Tochter erzählen möchte, und zwar am Grab meines Mannes – vor dem weißen Kreuz zwischen den vom Frost ausgetrockneten Büschen auf dem Friedhof seines Heimatdorfes. Ein unbarmherziger Ort, wo immer ein starker Wind weht und wohin wir an festgelegten Tagen im Spätherbst stets gemeinsam fuhren; für ihn eine wahre Pilgerfahrt, die letzte Spur seiner Verbindung zu den Eltern, von denen er fast nie sprach – mehrere Stunden Autobahn, dann eine staubige Provinzstraße, und schließlich der Gang durch die kleinen Friedhofswege mit den immer gleichen Kreuzen, die direkt im Boden steckten. Katja folgte uns stumm und fröstelnd, die weiße Mütze tief über die Augen gezogen; keine von uns beiden wollte ihn jedoch alleine dorthin fahren lassen; wenige Augenblicke der inneren Sammlung vor den Bildern seiner Eltern, die ihm nicht ähnlich sahen und die ich gerade noch rechtzeitig kennengelernt hatte. Er war ein würdevoller Mann, entschieden und geradlinig in seiner Zuneigung; er liebte es, uns die Gräber derer zu zeigen, die er gekannt hatte, und uns die Verbindungen und Verwandtschaften von Leuten zu erklären, von denen wir nichts wussten, die aber in seiner fernen Kindheit als Bauernsohn in diesem kleinen abgelegenen Dorf eine Rolle gespielt hatten. Nach dem Friedhofsbesuch hielten wir dann zum Essen bei einem kleinen Lokal, nur wenige Kilometer von der Autobahn entfernt, ein ärmliches Ambiente, vier Tische vor einer trüben Fensterfront, durch die man gerade so den leeren, von der Biegung eines kleinen Flusses durchschnittenen Horizont der Steppe erkennen konnte; aber der Raum war gut geheizt, was uns wieder zu Kräften kommen ließ; dann entstand eine zufriedene Stimmung, und Katja plauderte vor sich hin, ein wenig aufgeregt und mit vielen Wiederholungen, wie sie es immer tat, wenn sie sich wohlfühlte. Es war ihre Entscheidung, dass ihr Vater dort begraben werden sollte; wenn ich wieder zurück bin, will ich unbedingt wieder einmal hinfahren, mit dem Zug und dann weiter, mit welchem Verkehrsmittel auch immer, das mich in dieses Dorf bringt; schon viel zu lange habe ich das Grab meines Mannes nicht mehr besucht. Oder vielleicht werden wir auch miteinander hinfahren, sie und ich, aber darauf zähle ich nicht, im Gegenteil, in ihrem Zustand ist es nicht anzuraten. Inzwischen streckt der Professor einen Arm zu einem unweit stehenden Blumentopf auf einem schmiedeeisernen Ständer aus, pflückt eine Margerite und legt sie mir in den Schoß. Ich lächle ihm zu. Und ich frage mich, wer sich wohl um diesen so guten Menschen kümmern wird.

„Ich werde jemanden schicken, um Ihren Koffer zu holen", sagt er.

„Ich denke nicht, dass ich hier schlafen werde", erwidere ich.

„Warum nicht?", er dreht sich zu mir um und betrachtet mich aufmerksam.

„Es ist besser, wenn ich bei Mariangela übernachte, wie schon an den anderen Abenden", gebe ich zur Antwort.

Er blickt mich weiter an, ganz offen und nur ein klein wenig fragend.

„Wenn das so ist, dann rufe ich Ihnen ein Taxi", sagt er und steht auf, „es ist nicht gut, wenn Sie sich um diese Zeit alleine in dieses verrufene Viertel aufmachen." Ich versuche ihn zurückzuhalten, ich würde gerne noch ein bisschen bei ihm sitzen und ihm alles erklären, aber da betritt er schon die Hotelhalle und spricht mit dem Portier, ich kann seine gewohnte Entschiedenheit sogar durch die Glasscheibe des Eingangsbereichs erkennen; dann tritt er wieder heraus. Ich bleibe auf der Bank sitzen; ich möchte eigentlich noch nicht gehen, aber tatsächlich ist nun der Moment gekommen.

„Kommen Sie", sagt er „das Taxi wird gleich hier sein." Ich stelle mich neben ihn vor den Eingang, während die Glastür sich weiter öffnet und schließt; wir treten ein paar Schritte nach vorne. Das Taxi lässt nicht lange auf sich warten, wir umarmen uns, ich lehne noch einmal den Kopf an seine Brust und möchte noch immer nicht gehen. Der Taxifahrer öffnet mir die Tür, ich bin gezwungen, einzusteigen; der Professor bleibt stehen und schaut mir nach, bis das Auto losfährt.

EPILOG

Jetzt bin ich hier bei diesem kleinen Mädchen; alle vierzehn Tage fahre ich fünf Stunden mit dem Zug, um ein bisschen mit ihr zusammen zu sein, und reise wieder ab, bevor es Abend wird. Ich habe den Anruf erhalten, als ich gerade ihren Kinderwagen mit gedankenverlorener Freude über diesen monumentalen, von fast schon kahlen Bäumen umgebenen Platz schob, in der Mittagswärme eines freundlichen Herbstes. Giulio De Felice sei sehr krank. Esther hat daran gedacht, mir Bescheid zu geben. Sie sagt, er schätze mich sehr und habe oft von mir gesprochen, deshalb halte sie es für angebracht, mich über die Situation in Kenntnis zu setzen. Seine Frau kümmere sich um ihn, seit sein Zustand sich verschlechtert habe, und vor einigen Tagen sei wohl auch sein Sohn aus London zurückgekehrt. Esther hat gute Gründe, anzunehmen, dass De Felice den Ernst seines Zustands seit langem gekannt oder zumindest geahnt haben muss: zur Zeit der Konferenz vor sechs Monaten, aber wahrscheinlich auch schon davor, als er bei ihr geweint hatte, weil seine Frau für immer gegangen war. Er wusste also, dass Maddalena allein bleiben würde, und hat vermutlich alles getan, um sie zum Gehen zu überreden, ohne dass sie seine wahren Gründe durchschauen konnte; er vertraute sie seinem Sohn an, das war es also, was er in Canterbury getan hatte. Im Übrigen lässt auch sein letztes Gespräch mit mir, wenn ich es recht bedenke, nur wenige Zweifel an der Tatsache, dass er bereits Bescheid wusste.

Die Kleine schläft, ich betrachte sie von der Seite; ich möchte mich nicht von ihr trennen; aber es ist Zeit zu gehen. Meine Tochter, noch im Kostüm von der Arbeit, kommt uns entgegen;

sie findet mich in Tränen aufgelöst; ich berichte ihr, was vorgefallen ist, und wir umarmen uns lange. Vielleicht kann sie erst jetzt, nach so vielen Jahren, während sie an ihrem Körper die Schluchzer spürt, die mich endlich schütteln, ohne den Hauch einer Verurteilung die Gefühle ihrer Mutter für diesen Mann ermessen.

Aber es ist schon spät. Ich werde mich langsam zum Bahnhof aufmachen, der Fußweg und danach die Reise mit dem Zug werden mich beruhigen; ich verabschiede mich von den beiden, berühre mit der Andeutung eines Streichelns die Stirn des schlafenden Mädchens; während ich durch die verlassenen Außenbezirke laufe, lässt vor allem der Gedanke an sie mich auf meine Kraft vertrauen, auch dies zu überstehen.

Ich war eine leidenschaftliche Tschechow-Leserin: Es ist, als hätte ich dies alles schon immer vorausgeahnt.

6.2.2022

Zitatenachweis

Sämtliche im Roman verwendeten Zitate aus den Werken Anton Tschechows entstammen folgenden Erzählungen in deutscher Ausgabe (alphabetische Reihenfolge):

Auf dem Wagen in: *Die Dame mit dem Hündchen. Erzählungen 1896-1903*, Deutsch von Barbara Conrad, © 2004 Bibliographisches Institut GmbH (Artemis & Winkler), Berlin

Drei Jahre in: *Weiberwirtschaft. Meistererzählungen*, Rütten und Loening, Berlin 1966, Deutsch von Ada Knipper und Gerhard Dick, © Aufbau Verlage GmbH & Co. KG, Berlin 2021

Eine langweilige Geschichte in: *Die Fürstin. Erzählungen 1887-1891*, Deutsch von Kay Borowsky, © 2003 Bibliographisches Institut GmbH (Artemis & Winkler), Berlin

Erzählung eines Unbekannten in: *Weiberwirtschaft. Meistererzählungen*, Rütten und Loening, Berlin 1966, Deutsch von Ada Knipper und Gerhard Dick, © Aufbau Verlage GmbH & Co. KG, Berlin 2021

In der Heimat in: *Die Dame mit dem Hündchen. Erzählungen 1896-1903*, Deutsch von Barbara Schaefer, © 2004 Bibliographisches Institut GmbH (Artemis & Winkler), Berlin

Mein Leben in: *Die Dame mit dem Hündchen. Erzählungen 1896-1903*, Deutsch von Barbara Conrad, © 2004 Bibliographisches Institut GmbH (Artemis & Winkler), Berlin

Meine Frau, in: *Weiberwirtschaft. Meistererzählungen*, Rütten und Loening, Berlin 1966, Deutsch von Ada Knipper und Gerhard Dick, © Aufbau Verlage GmbH & Co. KG, Berlin 2021

Das Zitat aus *Poprygunya (Die Heuschrecke)* auf S. 65 wurde von Ruth Mader-Koltay übersetzt, da keine deutsche Übersetzung vorliegt.

Inhaltsverzeichnis

Autorin

Giulia Corsalini lebt in Recanati in der Region Marken. Die Universitätsdozentin und Autorin von Aufsätzen zur Literaturkritik, in denen sie sich insbesondere mit dem Werk von Giacomo Leopardi auseinandersetzt, debütierte 2018 als Schriftstellerin mit *La lettrice di Čechov*, erschienen bei *nottetempo*. Für diesen Roman erhielt sie zahlreiche Preise und Anerkennungen, unter anderem den *Premio letterario internazionale Mondello*, den *SuperMondello*, den *Premio Gli Asini* und den *Premio nazionale di narrativa Bergamo*. 2020 erschien ebenfalls bei *nottetempo* ihr zweiter Roman *Kolja. Una storia familiare*.

Übersetzerin

Dr. Ruth Mader-Koltay, geboren 1968 in Weingarten/Württ., hat Italienische, Französische und Neuere Deutsche Literaturwissenschaft studiert. Sie lebt in Freiburg und arbeitet als Dozentin für Italienisch bei der Dante-Alighieri-Gesellschaft, als Textadaptorin für den deutsch-französischen TV-Sender *arte* und als literarische Übersetzerin aus dem Italienischen.

NONSOLO

Nicola H. Cosentino, *Hummerjahre*, Mai 2019. Aus dem Italienischen von Ruth Mader-Koltay. Titel der italienischen Originalausgabe: *Vita e morte delle aragoste*

Paolo Di Paolo, *Fast nur eine Liebesgeschichte*, Dezember 2019 . Aus dem Italienischen von Christiane Burkhardt. Titel der italienischen Originalausgabe: *Una storia quasi solo d'amore*

Paolo Di Paolo, Simone Giorgi, Gabriella Kuruvilla, Gaia Manzini, Ludovica Medaglia, Demetrio Paolin, Anna Pavignano, Igiaba Scego, Simona Sparaco, Nadia Terranova, *Spiegelungen. Zehn neue literarische Stimmen aus Italien/Vite allo specchio. Dieci nuovi protagonisti della scena letteraria italiana*, September 2018

Anna Pavignano, *Ohne Halt ins Blaue*, Mai 2021. Aus dem Italienischen von Ruth Mader-Koltay. Titel der italienischen Originalausgabe: *In bilico sul mare*

Igiaba Scego, *Dismatria und weitere Texte*, September 2020. Aus dem Italienischen von Ruth Mader-Koltay. Mit einem Vorwort von Prof. Dr. Martha Kleinhans

Francesca Zanni, *Fünf Frauen. Lebensgeschichten aus Süditalien/ Cinque donne del sud*, September 2021. Übersetzt im Rahmen eines Projektseminars des internationalen Masterstudiengangs „Europäische Kommunikationskulturen/Italienisch“ der Universitäten Augsburg und Verona, unter der Leitung von Prof. Dr. Sabine Schwarze und Prof. Dr. Rotraud von Kulessa

www.nonsoloverlag.de
info@nonsoloverlag.de

9 783947 767076